삼인용 식탁

빈속을 채우듯 글로 서로를 달래는 곳

삼인용 식탁

유부현

×

고경현

×

고지은

×

지음

지금이책

차례

Chapter 4

가끔은, 브런치 Brunch : 가족, 어쩌면 가장 가까운 타인

프롤로그

'글'이라는
속 깊은 친구를 소개하다

70대 초반의 그녀는 '보조 작가'입니다.
40대 중반의 그는 '브런치 작가'고요,
40대 초반의 저는 '라디오 방송 작가'입니다.

우리는 한 가족입니다. '온 가족 작가되기 프로젝트'는 우연히 던진 작은 돌멩이 하나에서 시작됐습니다. 첫 번째 돌멩이를 맞은 사람은 70대의 그녀였습니다. 몇 해 전부터 수평선 너머로 지는 해처럼 하루가 다르게 스러져가던 그녀는 2년 전, 결국 세월과의 씨름에서 몸져눕고 말았고 그녀를 다시 일으켜 세울 묘안이 필요했습니다. 그 절박함에서 찾은 것이 '보조 작가'라는 타이틀이었습니다. 세상의 모든 부모들은 자식에게 쓸모없는 존재가 되어버렸다고 생각하는 순간 스스로를

'노년의 짐'이라고 부릅니다. 이 짐을 벗게 해 드리기 위해서 다시 '쓸모 있음'을 되찾아 드려야 했죠. 그래서 그녀에게 방송 대본의 소재를 찾는 일에서부터 문장을 완성하는 법을 오랜 시간에 걸쳐 알려드렸고, 그녀가 소재를 건져 올릴 때마다 1천 원, 2천 원의 고료를 드렸습니다. 그렇게 그녀의 고료 봉투가 꽤 두둑해질 무렵 '글'이라는 트레이너의 단련 덕분에 그녀는 마음 근육이 단단히 생겼고 다시 해처럼 빛나는 얼굴을 우리에게 보여주었습니다.

두 번째 돌멩이를 맞은 사람은 40대 중반의 그였습니다. 일식집을 운영하는 그는 최근 코로나19라는 유례없는 강력한 태풍을 만나면서 빈 가게를 지키는 시간이 많아졌습니다. 그가 40대 중년 남성으로서 느끼는 '자괴감의 짐'이 너무나 무거워 보였습니다. 그래서 제가 다시 '글'이라는 친구에게 자문을 구한 결과, 공모전의 세계를 알려주어 흥미를 유발시킨 다음에 서서히 글과 친해지게 하라는 조언을 듣게 됐죠. 과연 이 방법이 적중할까도 싶었지만 중년의 남성에겐 글로 토해내고픈 속 이야기들이 생각보다 참 많았습니다. 그렇게 그는 손님이 오지 않는 빈 문을 하염없이 바라보는 대신 '글'이라는 친구와 매일 대화를 나눈 덕분에 지금은 브런치 작가가 되어 글 쓰는 재미를 맛보고 있는 중입니다.

"글 한번 써 보실래요?"라고 툭 던진 돌멩이 하나는 동그랗게 파문을 일으켜, 어느새 한 가족의 모난 인생을 다듬어 주고 있습니다. 그리고 지나가는 말로 "책 한번 써 볼까요?"라고 했던 것이 현실이 돼서 요즘은 매주 주말마다 서로가 편집장이 되어 신랄하게 모니터를 하며 함께 글 작업을 하고 있네요. 어쩌다 여기까지 오게 됐지만, 만약 이 시간이 없었다면 어쩔 뻔 했을까도 싶습니다. 왜냐하면 가족이란 나이가 들면 서로가 걱정할까 봐 속마음 감추기의 달인들이 되어 버리는데, 이 작업을 통해서 마음을 들키는 일이 얼마나 시원한지를 알았기 때문입니다.

'글'이라는 친구 덕분에 우리는 이제야 처음으로 서로를 바라보며 이야기를 시작하려 합니다. '70대 어머니와 40대 남매가 한집에 사는 것만으로도 희소 가치가 있다'고 말씀해 주신 출판사 관계자 여러분 덕분에 모처럼 크게 한바탕 웃었습니다. 어떤 삶이 글로 풀어질지는 아직 모르지만 이미 한바탕 웃음 지은 것만으로도 충분히 감사합니다. '글'에게도 미리 고마운 인사를 건네며 많은 분들이 이 좋은 친구를 함께 만났으면 하는 바람도 가져봅니다.

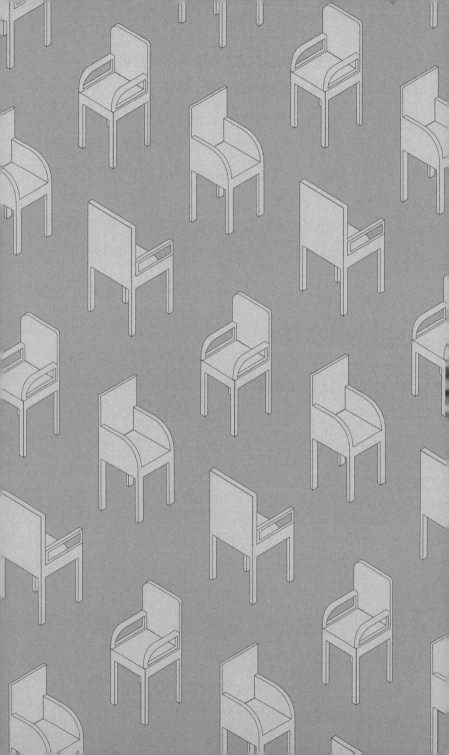

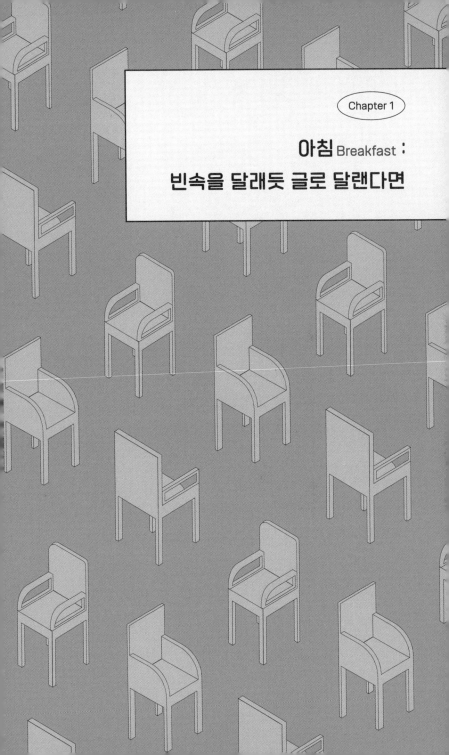

Chapter 1

아침 Breakfast :
빈속을 달래듯 글로 달랜다면

밥상을 한번 차려볼까

J는 라디오 방송작가다. 쓰리 잡을 뛴다. 그래서 나는 J의 앞모습보다 뒷모습을 볼 때가 더 많다. 그러다 보니 이젠 뒤통수와도 대화를 할 수 있다. J가 방에 앉아 뒤통수를 긁적이는 건 원고가 잘 안 써진다는 뜻이고 머리를 연신 끄덕이는 건 원고가 잘 풀리고 있단 말이다. 그러다가 멍하니 앉아 있을 때도 있는데 그건 많이 지쳤을 때다. 부모는 자식이 힘들어하는 걸 볼 때 안절부절 못한다. 아이 시절 책가방을 들어주듯 대신 그 짐을 들어줄 수 있으면 좋으련만 J가 돈을 벌수록 이상하게 나는 많이 미안하고 한없이 작아진다.

그날도 J는 많이 지쳐 있었다. 미역처럼 축 늘어진 채로 소파에서 쉬는 걸 보니 내 몸이 소금에 절여진 듯 쩌릿쩌릿했다. "뭐 도와줄 게 없을까? 글 쓰는 것만 아니면 뭐든 할 수 있을 것 같은데…" 나도 모르게 눈가가 촉촉해지는 걸 느낄 때, 이런 내 눈을 가만히 보던 J가 예상치 못한 대답을 했다. "보조작가 하실래요?" "보조작가? 그게 뭔데?" J의 말을 빌리면 보조작가는 작가의 업무를 거들거나 도우면서 일을 배워가는 사람이라고 했다. 한 마디로 보조 주방장 같은 거였다. 김치라는 음식을 만들려면 배추랑 무랑 온갖 속재료가 필요한데 이런 재료 준비를 하는 것처럼 책도 읽고 TV도 보면서 글감이 될 만한 걸 찾아달라는 거였다.

생각지도 못한 제안이었다. 안쓰러운 마음에 도울 일이 없는지 물었던 거였는데 J는 정말 다음날 내 손을 잡고 안경 매장에 돋보기를 맞추러 갔다. 진작 맞춰야 했던 거였는데 한동안 삶을 앓느라 돋보기 하나 맞출 기력이 없었다. 하지만 이번에는 어쩌면 J를 도울 수도 있다고 하니 뭔진 모르지만 일단 나서 보았다. 돋보기를 맞춘 다음 들른 곳은 광화문에 있는 교보문고였다. 평소 J가 서점엘 간다고 하면 그냥 책 몇 권 꽂혀 있는 곳이라고 생각했는데 요즘 아이들이 말하는 서점은 내가 아는 그런 곳이 아니었다. 돈 내고 책을 사지 않아도 앉아서 그냥 책을 읽을 수 있고 커피향도 나고 예쁜 학용품도 파는… 탁 트인 공간에 구경해야 할 게 너무 많아서 두리번두리번거리니

J가 묻는다. 왜 그러냐고. 그러게, 내가 왜 이럴까? 휴대전화에 매일 "진로마트 오늘의 할인품목– 미나리, 쑥갓 한 단 2천 원, 양파 한 망 3천 원, 버섯 한 박스 5천 원…" 문자가 오면 마트에 가서 뭐가 싸게 나왔는지 장 보는 일에만 익숙했던 터였다. 미나리, 양파, 버섯, 시래기, 피망, 브로컬리만 보다가 책을 보려니 안 그러려고 해도 도시 구경을 나온 노인네처럼 자꾸만 두리번거렸다. 그렇게 난 72세에 보조작가로서 첫발을 뗐다.

밥을 푸듯, 삶을 푸고

나는 일식집 사장이다. 인건비를 아끼기 위해 직접 서빙도 하고 요리도 한다. 대학에서 경영수업을 들을 때만 해도 내가 일식집을 경영하게 될 줄 몰랐다. 초밥을 짓듯 삶을 짓다 보니 어느새 바람 앞 등불 같은 635만 자영업자의 일원이 되어 있었고 지난해와 올해는 코로나라는 엄청난 태풍을 안간힘을 다해 버티고 있는 중이다. 수많은 자영업자들처럼 나 역시 가게를 잘 키워서 분점을 두어 곳 더 내고 싶은 꿈이 있었다. 하지만 삶이 어디 계획처럼 돌아간 적이 있던가. 현실에선 식당 하나 운영하는 것만도 결코 쉬운 일이 아니었다.

지금껏 참 열심히 달려왔다. 하지만 잘 되면 몸고생, 안 되면 맘고생인 것이 식당업인 듯 싶다. 코로나 시국을 맞아 운영이 점점 어려워져서 가게에서 오랜 시간 함께 일했던 분들도 떠나보내야 했다. 혼자 우두커니 오지 않는 손님을 기다리는 것보다 더 힘든 일이 있을까. 하지만 코로나 상황이 길어질수록 이런 기다림의 시간은 점점 길어지고 있다. 이러다가 우울증이 오는 건가, 싶은 생각이 들 정도로 파김치처럼 축축 처져 있다 보니 가족들도 내 눈치를 보는 것 같다. '이럴수록 기운 차리고 힘을 내야지.' 수없이 다짐하고 배달 광고도 내고 메뉴를 새로 짜서 내놓아도 상황이 나아지지 않는다.

이런 불안한 내 마음을 알았을까? 올 1월, 한 언론사의 수필 공모전에서 입상을 한 J는 어느 날 가족 모두에게 글을 써보자는 제안을 했다. 예전 같았으면 귀담아듣지 않았을 얘기였지만 요즘처럼 살다간 미쳐버릴 것 같아서 관심을 보였다. 내가 관심을 보이자 J는 수필집 몇 권을 건네 주며 "읽어보고 한번 써 봐." 한다. 그게 다였다. 황당했다. 나 보고 어떻게 하란 건가? 지금 장난치는 건가? 오랜만에 펴보는 책이 많이 낯설었지만 그래도 찬찬히 읽어 봤다. 다른 사람들의 삶이 담긴 소소한 이야기, 지어낸 것이 아닌 진짜 사람들의 이야기가 단막극처럼 짧게 나눠 있는 수필집은 다행히 거부감 없이 잘 읽혔다.

그렇게 J가 준 수필집을 다 읽고 무언가에 홀린 듯 가게에서 쓰는 예약노트 뒷면에 나의 이야기를 쓰게 됐다. 제목은 어떻게 정해야 할지, 구성은 어떻게 해야 할지, 결론은 어떻게 내려야 할지, 맞춤법은 이게 맞는지… 그런 고민도 들지 않았다. 고된 점심 장사를 끝내고 마시는 시원한 박카스 한 병처럼 볼펜을 쥐자 속이 시원해지면서 그동안 내 안에 쌓이고 쌓였던 생각의 짐들이 봇물 터지듯 마구 튀어나왔다. 신기하게도 글이 써졌다. 그렇게 미친 듯이 첫 번째 글인 '정의의 정의 Justice's means'를 다 쓰고 나니 a4 7장 분량이었다. 잘 쓴 건지, 못 쓴 건지는 모르겠지만 답답했던 속이 조금은 후련해졌다. 마치 속이 좋지 않을 때 게워 내면 편해지는 것처럼 왠지 모르게 마음이 편해졌다. 요즘은 글을 쓰다 보면 시간이 어떻게 흘러가는지도 모른 채 가게 문닫는 시간을 맞곤 한다. 평소 같으면 오지 않는 손님을 기다리며 힘들어했을 시간이었지만, 글쓰기가 이 초조한 시간을 대신 채워주고 있다.

그렇게 무작정 써 내려간 글을 J에게 보여주려니 창피했다. 그래서 서너 편의 내 이야기를 쓰고 차곡차곡 모아두고 있을 때, 무심하게 있던 J는 글을 쓴 게 있으면 좀 보여달라고 했다. 머뭇머뭇 그동안 쓴 글을 J에게 건넸다. 초등학교 시절 받아쓰기 시험을 보고 선생님 앞에서 혼나기를 기다리는 학생처럼 J의 방 앞을 서성거렸다. 가만히 글을 읽던 J는 "잘 썼네.

더 써봐, 오빠." 한다. 이게 다였다. 어릴 적부터 대화가 많은 남매는 아니었지만 이 정도일 줄이야. 아니, 무슨 코멘트라도 있어야지. '잘 썼네, 더 써봐'라니… 글이라고 하기도 아깝고 할 말이 없는 건가? J의 생각이 궁금했지만 바빠서 그런가 보다, 하고 그냥 나중에 다시 물어보기로 했다. 그렇게 또 며칠이 지났을 때 J에게서 문자가 왔다. "책 몇 권 추천할게. 쓰는 것만큼이나 읽는 것도 중요해서, 오빠." 시간이 날 때마다 글을 더 써보라는 J의 짧은 코칭은 아직까지 계속되고 있다.

사실 지금도 잘 모르겠다. 내가 쓰는 글이 일기인지, 칼럼인지, 수필인지. 그래도 매일 틈틈이 시간이 날 때마다 나의 이야기를 쓰는 중이다. 한 편을 쓰고 나면 그만큼 시퍼렇기만 했던 마음의 멍이 옅어지는 기분이 들어서 자꾸만 쓰게 된다. 마치 신부님 앞에서 고해성사를 하듯 힘든 상황, 아픈 기억들을 글에 토해내고 나면 어떤 짐을 내려놓은 듯 마음이 가벼워진다. 글을 쓴다는 것이 J처럼 생업인 경우도 있겠지만 식당 일을 하는 내겐 복잡한 현실을 잠시 벗어나 답답한 마음을 비울수 있는 여행과도 같다. 요즘 같이 자유롭게 여행을 갈 수 없을때, 나는 매일 식당 한 켠에서 조용히 혼자 글 속으로 떠나고 있다.

밥상이 기다려지는 아침

나는 일을 많이 하는 편이다. 아침-점심-저녁시간대 프로그램을 동시에 맡으면서 아침에는 종교적인 색채를 띤 오프닝을 써서 이메일로 전송하고 낮에는 스튜디오에 출근해서 시사교양 정보를 챙기고 저녁에는 퇴근길 감성에 맞는 음악 원고를 쓴다. 물 들어올 때 노를 저으려 한다기보다 해야 하기 때문에 한다. 그저 할 수 있음에 감사하다.

각 프로그램의 성격이 다르다는 것은 글 쓰는 사람 입장에선 장·단점이 분명한 일이다. 프로그램마다 성격이 다르기 때문에 생각이나 자료가 겹칠 우려는 없지만 대신 뇌가 크게 3회전을 하는 것 같아서 가끔 핑 돌기도 한다. 그래서 나름 찾은 방법은 한 프로그램의 원고를 다 쓰고 나면 잠깐이라도 숲이나 구름을 보는 것. 하지만 이마저도 여의치 않을 때가 있기 때문에 최근엔 '구름 한 점 없이 파란 하늘'에 반기를 든 구름 추적자들의 책을 사서 책에 담긴 양떼구름, 새털구름, 조개구름 같은 구름 사진을 틈틈이 보는 편이다.

　　　나에게는 익숙한 일상이지만 그녀에게는 그렇지 않은가 보다. 이 방, 저 방 콩콩거리면서 돌아다녀야 직성이 풀리는 '콩이' 녀석 때문에 방문을 열어놓은 채 원고를 쓰고 있으면 뒤통수를 살피는 그녀의 시선이 느껴져 괜히 머리를 긁적이게 된다. 그녀는 나에겐 세상에서 단 하나뿐인 어머니고 다른 사람들에겐 세상의 여느 노인들과 다름없는 할머니다. 그녀가 소리 없이 할머니 대열에 들어섰을 때, 어느 날부터라고 할 것도 없이 정신을 차릴 수 없을 정도로 쇠약해지기 시작했다. 오죽하면 어디가 아픈지 조목조목 다 얘기해 보라는 의사의 말에 "눈썹 빼고 다요"라고 하셨을까. 늙어가는 그녀만큼이나 당황스러웠던 나는 뭘 어떻게 해야 할지 몰라 절절맸다. 치료를 받으면서 몸은 조금씩 나아지는 듯 싶었지만 마음이 무너진 그녀는 그대로 주저앉아 버렸다. '어떻게 해야 그녀를 다시 소생시킬 수 있을까'란 생각이 많이 들던 어느 날, 그녀는 슬픈 눈으로 날 바라보며 뭐든 도와주고 싶다고 했다. 그때 불현듯 한때 방송국에서 만난 정신건강의학과 전문의의 말이 생각났다.

한 70대 어르신이 사별을 한 뒤 곡기를 끊고 몸져 누웠는데 그
때 이혼하게 된 딸이 '죽고 싶다'는 말을 하자 자리를 털고 벌
떡 일어나셨다는 거다. 그리곤 밥그릇에 고봉으로 밥을 수북
이 담아 딸에게 "먹어야 살지!" 하셨다고. 부모는 나이가 들수
록 자신이 쓸모 없어지고 자식에게 짐이 된다는 생각 때문에
마음의 병이 생기는 거라고 했다. 이럴 때 부모님을 다시 일으
켜 세우는 방법은 그들을 적당히 걱정시켜 당신들의 역할을
찾게 하는 거라는 말이 기억났다. 그래서 그녀에게 불쑥 말했
다. "보조작가 하실래요? 저 좀 도와주세요…" 그렇게 그녀는
보조작가로서 첫발을 떼면서 조금씩 자리를 털고 다시 일어서
기 시작했다.

　　일식집을 운영하는 나의 오빠 K는 참 부지런한 사람이
다. 코로나 때문에 주변 가게들이 하나둘 문을 닫을 때도 악착
같이 버티며 새벽에는 장을 보고 가게 청소부터 음식 준비, 홀
서빙까지 일인 다역을 하며 살아남기 위해 발버둥을 치는 중
이다. 방송국에선 코로나로 폐업하는 자영업자들의 소식을 단
몇 줄로 전하지만 그 몇 줄 안에 K와 주변 곰탕집 사장님, 슈퍼
마켓 사장님, 또 함께 일했던 많은 분들의 삶이 꾸깃꾸깃 접힌
채로 있는 것 같아 방송이 끝나도 차마 그 원고를 버릴 수가 없
다.

K가 힘겹게 버티는 걸 보면서 두 다리를 뻗고 편히 잘 수가 없었다. 자영업자 가족의 숙명은 나를 숙면에 들지 못하게 했고 잠을 제대로 못 잘 바에는 공모전에 응모를 하자는 생각이 들었다. 그즈음 우연히 공모전의 여왕을 만나 그 세계를 알게 됐고 상금이 있다는 것도 알았다. 그리고 운이 좋았던지 입상을 해서 상금을 받았다. 수필 두어 장을 쓰고 1백 만원을 받는 걸 보면서 K가 글쓰기에 대한 자극을 받은 것 같다. 이때까지만 해도 우리 가족이 책을 내게 될 줄은 꿈에도 몰랐다. 19년 동안 동생이 글을 쓸 땐 쟤가 뭘 하는지 관심도 갖지 않았던 것 같은데… 정약전이 쓴《자산어보》를 보면 오뉴월 농번기에 지쳐 쓰러진 소에게 산낙지를 먹이니 벌떡 일어났다고, 아마도 K에게는 상금이 산낙지였던가 보다. 그래서 지나가는 말로 '한번 써 보라'고 했더니 정말 쓴다. 그냥 대충 쓰는 게 아니라 손님이 없어 텅텅 빈 예약 노트 뒷면에 매일 6장씩, 7장씩 장편의 글을 써서 나에게 쓱 들이민다.

　　그렇게 처음으로 읽게 된 K의 이야기에는 힘들 때마다 동굴로 들어가야 했던 중년 남성이 있었고 가족을 돌봐야 한다는 장남의 무게가 있었으며 같이 코 흘리며 눈싸움을 하고 개울에서 물장구치던 어린 K가 있었다. 유유히 막힘없이 흘러가기보다 때론 바위에 부딪히고 역류하며 그러다가 다시 흘러

가야 했던 강물 같은 K의 삶을 두고 감히 내가 어떤 첨언을 할
수 있을까. 식탁에 둘러앉아 함께 먹은 밥이 수천수만 그릇은
될 텐데 단순히 밥그릇 수가 늘어간다고 해서 우리가 서로를
잘 알았던 것은 아니었다.

　　예상치 못한 전개지만 어쨌든 K가 기운을 좀 차린 덕분
에 기분이 좋아진 나는 또다시 주워 담지 못할 말을 내뱉고 말
았다. "이참에 우리 책 낼까요?" 복닥복닥하게 살지만 단순한
우리 가족은 또 이 말 한 마디에 삼인용 식탁에 둘러앉아 다같
이 글을 쓰며 과연 어떤 밥상이 차려질지 궁금해하는 중이다.

아이가 둘이다

우리집엔 아이가 둘이 있다. 46세 아이 K와 43세 아이 J. 우리는 함께 산다. 둘 다 결혼을 안 했다. 아니 못했다. 어느 것이 정답인지 모르겠다. 어쨌든 우리 가족은 평균 연령이 높아서 가끔 서로를 보고 있으면 밥을 먹지 않아도 배가 부르다.

얼마 전까지만 해도 아이들이 결혼하지 않은 것이 부끄러워서 동창들을 만나는 것도 꺼려졌다. 마음이 무거웠다. 어느 날 날아온 청첩장이 내 마음을 더 무겁게 만들었다. 길치인 나는 청첩장을 만지작거렸다. 눈치 백단인 J는 말한다. "엄마, 같이 가자. 괜찮아. 같이 가." 민망하기 짝이 없다.

그날따라 둥근 원탁에 좌석이 배치되어 있어서 슬그머

니 빠져나올 수가 없는 상황이었다. 그동안 어떻게 지냈는지 가볍게 인사를 나누고 있는데 친구들의 이야기가 손주 자랑으로 이어진다. 옆에 앉은 J의 눈치가 보여서 스테이크가 무슨 맛인지도 모른 채 먹는데 슬쩍 J를 보니 아무렇지 않은 듯 먹고 있다. 속 깊은 J… 내가 말할 순서가 올수록 분위기가 이상해지는 것 같아서 한 마디 했다.

> "우리 아이는 손 하면 손도 주고, 앉아 하면 앉고,
> 우리끼리만 말하고 있으면
> 손등을 박박 긁으면서 해맑게 웃기도 한다."
> "응?"

친구들은 내가 무슨 말을 하나 싶어서 조용히 쳐다본다.

> "우리집 아이는 천재인가 봐."

그제야 무슨 말인지 눈치를 챈 친구들이 웃겨 죽는다. 예식을 마치고 돌아오던 중 J가 데이트 신청을 한다. 아마 나처럼 먹는 척만 하다 나와서 허기졌나 보다. 우리 둘은 명동에 가서 맘 편히 칼국수도 먹고 회오리 감자도 사먹고 과일 주스도 마시고 예쁜 머리핀과 양말도 샀다. J와 손을 잡고 휘휘 흔

들면서 씩씩하게 걷는다. 이미 허기졌던 심신을 가득 채웠더니 세상 부러울 것이 하나도 없어졌다. 우리는 마주보며 씩, 웃는다. 서로의 마음을 쓰담쓰담 다독인다. 집에 오니 K가 씩, 웃는다. 따끈한 커피를 타준다. 삼인용 식탁에서 마시는 커피가 호텔 예식장 커피보다 훨씬 더 맛있고 훌륭하다.

《나이가 가져다 준 선물》이란 책을 보면 이런 얘기가 나온다.

"젊은 날에 받은 선물은

그냥 고맙게 받았지만

지금은 뜨거운 가슴으로 받는다.

젊은 날의 친구의 푸념은

소화해 내기가 부담이 되었지만

지금은 가슴이 절절해져옴을 느낀다.

젊은 날에 친구가 잘 되는 걸 보면

부러움의 대상이었지만

지금은 친구가

행복해 하는 만큼 같이 행복하다."

그날 만났던 친구들의 얼굴을 하나둘 떠올려 본다. 그때는 아이들을 시집, 장가보내는 친구들이 부러웠고 그 자리에서 나는 계속 작아지고 있었는데 뒤돌아보니 그때만 해도 마음이 젊었었네. 이제야 어른이 된 것일까? 지금 생각하면 부끄럽지도 창피한 일도 아니었는데….

나는 지금 충분히 행복하다.

미혼 남매

우리집엔 일요일 아침이면 다같이 목욕탕엘 가는 가족 문화가 있다. 그날도 엘리베이터를 타고 내려가면서 목욕을 끝내고 콩나물 국밥집엘 갈까, 설렁탕을 먹을까 얘기하고 있는데 함께 타고 있던 윗집 아주머니가 아까부터 하고 싶은 말이 있다는 눈치다. "이 댁은 시어머니랑 며느리 사이가 참 좋아 보여요. 꼭 모녀 같아." "네, 감사합니다…" 우린 약속이나 한 듯 영혼 없이 웃어 넘긴다. 모녀 사이니 모녀 같아 보이는 게 당연한 일. 하긴 마흔을 넘긴 자녀들과 70대 어머니가 한집에 사는 가족이 얼마나 있을까. '어쩌다 보니'라는 말 외에는 달리 설명할 길이 없지만 어쨌든 우린 아직 함께 산다.

명확히 말하면, 나는 비혼주의자는 아니다. 어쩌다 보

니 때를 놓쳤지만 일부러 결혼을 하지 않는 건 아니다. J는 예전엔 비혼주의자가 아니었던 것 같은데 요즘은 정확히 잘 모르겠다. '멋있는' 오빠를 오랫동안 보고 살면서 눈이 높아졌는지 최근엔 연애도 안 하는 눈치다. 대화가 많지 않았던 우리는 서로의 연애사에 대해 궁금해하지도 않고, 서로가 묻지도 않았다. 생사 확인 정도만 하며 사는 현실 남매랄까. 어릴 적부터 부모님이 "하늘 아래 너희 둘뿐인데 어찌 그러냐"라고 하셨을 정도로 무관심으로 일관하던 남매였다.

우리 가족이 늘 이렇게 모여 산 건 아니었다. 20대 이후론 일 때문에 내가 나가 산 적도 있고 J도 일을 핑계로 수시로 나갔다 들어왔다를 반복했다. 그러다가 아버지의 빈 자리가 생기면서 사인용 식탁이 삼인용 식탁이 되고 삶이 불안정하게 삐걱거리자 남은 세 가족은 똘똘 뭉쳐 살게 되었다. 예쁘고 작은 소국 같은 그녀는 강인한 면도 있지만 소녀같이 여린 분이라 J와 나는 누가 시킨 것도 아닌데 너는 버팀목, 나는 바람막이가 되어 어머니를 챙겼다. 그녀는 이런 우리를 힘 없는 팔로 밀어내며 당신 혼자 일어설 수 있다고, 너희 인생을 살라 하셨지만 어쩐지 그 말씀 끝이 언제나 미세하게 떨렸던 걸 보면 아마 자신이 없으셨던 것 같다.

J는 요즘도 내게 결혼을 권한다. 그럴 때마다 "너나 연애라도 해"라고 말하지만 사실 결혼이란 단어를 떠올리면 마음이 편치 않다. 아직은 크게 아픈 곳도 없고 하는 일도 있으니 큰 걱정이 없지만 좀더 나이가 들면 몸도 예전 같지 않고 노후 준비도 해야 할 텐데…. 이런 생각을 하기 시작하면 머릿속이 한없이 복잡해 지지만 솔직히 40대가 되니 연애할 에너지가 부족하다. 20대, 30대 때의 설렘이나 이성에 대한 환상도 없어진 지 오래고 결혼한 친구들을 만나면 육아, 교육, 부부 문제까지 삶의 무게가 싱글인 나와 확연히 다르다는 걸 느낀다.

벌써 오래전 일이 됐지만, 인천에서 혼자 살 때였다. 결혼을 일찍 해서 딸을 둔 친구 B는 가끔 내 집에서 자고 갔다. 이유인즉, 회사에 출근하면 할 일이 너무 많은데 갓난쟁이 딸이 밤새 울면 잠을 잘 수가 없어 다음날 회사 일을 제대로 할 수 없을 정도로 힘이 들기 때문이었다. 아내와 상의 끝에 일주일에 두 번 정도는 밖에서 편히 자고 출근하기로 결론을 내렸단다. 그래서 가끔 우리집에 오거나 회사 근처 찜질방에서 자는 B를 보면 아이를 낳고 키운다는 것이 저렇게나 힘든 일이구나 생각했다. 또 친한 후배 P는 어린 딸의 아토피가 너무 심해서 용하다는 병원을 다 찾아다녔지만 차도가 별로 없자 결국 고민 끝에 다니던 회사를 그만두고 지리산 산골 마을로 들어갔다. 그러자 신기하게도 이사한 지 6개월 정도 지났을 때 아이의 아토피가 많이 좋아졌고, 지금까지 P의 가족은 그곳에서 건강하게 잘 살고 있다. 한번씩 안부 전화를 할 때면 형도 서울에서 복잡하게 살지 말고 자기처럼 시골로 내려오란 말을 하지만 아픈 딸아이가 없어서일까. 나는 아직 그런 용기가 선뜻 나질 않는다.

결혼은 뭣 모를 때 하는 거라던 어르신들 말씀은 빈말이 아니었다. 어느새 너무 많은 걸 알아버린 나이. 그래도 '운명적인 사람을 만나면…' 이란 여운을 남겨둬 본다. 철부지 같았던 동생 J도 어느새 40대이다. 내 관점에서 J는 외모도 괜찮은 편에 속하고 선하고 자기 주장이 강하다. 요리 실력은 그냥 사 먹는 게 나은 수준이고 동물을 좋아하고 불쌍한 사람을 그냥 지나치지 못하는 심성을 가지고 있다. 또 일에 대한 애착도, 능력도 있어서 수입도 꽤 괜찮은 편인데 남자가 없다. 왜일까? 아마 얘도 너무 많은 걸 알아버린 나이가 된 것인지도 모르겠다.

비혼 남매

심심해서 포털 검색창에 '고지은'이란 이름 석 자를 쳐 본 적이 있다. 그때 검색된 것이 '알고 지은 죄 모르고 지은 죄'였다. 얼마나 지은 죄가 많기에… 괜히 고개가 숙여졌다. 살다 보니 잘못한 일, 눈치 볼 일을 하지 않아도 사회 통념상 움츠러들게 될 때가 있다. 예를 들면 결혼의 유무有無 같은 것들.

아닐 비非와 아닐 미未. 큰 차이는 없지만 미세한 차이가 있다. 만약 누군가 "미혼이세요?" 물었을 때 그렇다고 하면 아직 결혼 생각이 있다는 여지를 남겨 놓는 것이고 "비혼이세요?" 했을 때 그렇다고 하면 바늘이 들어갈 틈도 없이 명확하게 지금도, 앞으로도 결혼 생각이 없다는 의미다. 명절에 친척들이 모이면 전에는 "좋은 사람 만나야지"라고 하셨는데 요즘은 "누구라도 만나야지"라고 하신다. 그럴 땐 머릿속에 치우지 못한 똥차 한 대가 '부앙'하고 지나가는데 거기에 매달린 기분이 든다. 그래서 계속 이런 기분이 드는 애매한 '미혼'으로 살 바에야 죄책감도, 눈치도 차단해 버리자 싶어서 '비혼'이란 새 차로 갈아타 버렸다.

길을 잘 헤매는 그녀의 손을 붙잡고 어쩔 수 없이 예식장엘 가야 할 때가 있다. 그럴 땐 '나는 박수 치는 아르바이트생으로 가는 중'이란 자기 암시를 한다. 하지만 그래도 영 내키지 않는 곳이 있으니 바로 원탁의 테이블로 된 예식장 같은 곳이다. 그날도 그녀의 다른 친구들이 돌아가며 손주 자랑을 하고 있을 때 애먼 냅킨만 만지작거리는 그녀의 손을 보았다. 이럴 땐 아무리 미혼이냐, 비혼이냐 말장난 같은 정의를 내렸더라도 그녀에게 미안한 감정이 드는 건 어쩔 수 없다. '알고 지은 죄, 모르고 지은 죄'란 말은 어쩌면 이런 감정이 드는 걸 말하는 거였을까? 결국 그녀의 입에서 '콩이'가 등장했을 때 테이블의 공기가 한순간 달라지는 걸 느끼면서 나는 얼른 입안 가득 스테이크를 쑤셔 넣었다.

주위에 남아 있던 친구들이 하나둘 시집, 장가를 가버리면서 가장 아쉬운 건 같이 놀아줄 사람이 없다는 거다. 절대 결혼을 안 할 것 같던 C가 결혼했을 땐 하늘이 무너지는 것 같았다. 친구는 어느 날부턴가 꽃단장을 하더니 꽃가마를 타고 그대로 시집을 가버렸다. 세상 물정을 모르는 숙맥인 S마저 가버렸을 땐 땅이 꺼지는 기분이 들었다. 친구는 어느 날부턴가 립스틱이란 낯선 물건을 꺼내더니 입술을 붉게 칠하고 웨딩드레스를 입어 버렸다.

가끔 K는 집에서 유령처럼 돌아다니는 날 보면 '연애라도 하라'고 한다. K가 나한테 할 말은 아닌 것 같은데…. 내 관점에서 K는 성격이 좋고 가정적이고 선량한 사람이다. 미각도 뛰어나서 음식을 먹으면 어떤 재료가 들어갔는지 척척 알아맞힌다. 그래서 음식에 있어선 좀 피곤한 스타일이지만 옆에서 얻어먹는 나로서는 감사한 일이 아닐 수 없다. 연애 스타일은 서로 간섭하지 않아서 알 수 없지만 가족한테 하는 걸 보면 다정다감할 것 같은데 여자가 없다. 왜일까? K도 어쩔 수 없이 새 차로 갈아타 버린 걸까….

개들이 날 좋아하는 이유

일요일 아침, 이건 무슨 광경일까? 아침에 방문을 열고 나오니 K는 식탁에서, J는 책상에서 글을 쓰고 있다. 너무 진지하고 조용해서 웃음이 나와도 차마 웃을 수가 없다. 매일 방에서 글을 쓰는 J 곁에는 껌딱지 '콩이'가 늘 붙어 있는데 오늘 아침은 콩이까지 입에 볼펜을 물고 있다. J는 콩이가 왈왈거릴 때마다 볼펜을 던져주는데 그럼 덥석 문 채로 한참 동안 가만히 있기 때문에 집이 평화롭다. 처음 보는 풍경이 아닌데도 나와 K, J, 여기에 콩이까지 펜을 들거나 물고 있으니 최근에 우리집이 참 많이 달라지긴 했구나 싶다. 이 모습을 사진에 담아 두고 싶다.

사랑스러운 콩이는 태어난 지 2개월, 꼬물이일 때 우리

집에 입양됐다. 너무 작고 말라서 만지기만 해도 행여 부러질까 조심스럽게 안아야 했던 작은 강아지. 어릴 적부터 식탐이 많았던지 우리집에 온 첫날에도 그릇에 머리를 박고 물에 불린 사료를 단숨에 먹어 치웠다. 조용한 우리와는 달리 콩이는 성격이 아주 활달하다. 집에 "우르르 까꿍"을 해 줄 손주가 있다면 온 가족이 그 아이를 쳐다 봤겠지만 손주가 있을 리 없으니 콩이가 그 자리를 차지하고 사랑을 독차지하며 온 집을 휘젓고 다닌다. K는 아직까지 아침에 일어나서 나에게 문안 인사를 한 적이 한번도 없는데 콩이한테는 하루도 거르지 않고 혀 짧은 소리로 아침마다 "잘 잤쩌?" 한다. 무뚝뚝한 K의 마음을 녹일 정도니 콩이는 우리집에서 절대 권력자다.

그런 콩이가 언제부턴가 온 가족이 식사를 하고 있으면 쪼르르 달려와 내 발 근처에 자리를 틀고앉는다. 식사가 끝날 때까지 꼼짝도 하지 않고 내 곁을 지킨다. 절대 권력자가 이러고 있으니 얼마나 감동인지. 'J의 껌딱지인 줄만 알았는데 내가 1인자였다니…' 콩이가 너무 예뻐서 밥을 먹다 말고 쓰담쓰담 해 준다. 그런데 참 이상한 건 콩이가 식사시간에만 내 옆에 와 있고 나머지 시간엔 다시 J 곁으로 간다는 거였다. 그리고 가끔 내가 소파에 앉아 있으면 옆으로 슬쩍 와서 내 옷을 싹싹 핥기도 했다. '그래, 역시 내가 좋다는 거구나.' 나를 좋아해

주니, 나도 콩이가 더욱 사랑스럽다.

그런데 하루는 밥을 다 먹고 상을 치우던 J가 무언가를 발견한 듯 "아~" 하는 외마디 감탄사를 내뱉었다. "왜? 뭐?" 물으니, J는 내가 앉았던 의자의 아래쪽을 손가락으로 가리켰다. 거기엔 내가 밥을 먹다가 흘린 밥풀이며, 멸치며, 온갖 음식들이 자잘하게 떨어져 있었다. 그랬구나! 콩이는 내가 좋아서 왔던 게 아니라, 내가 음식을 흘리는 게 좋아서 그걸 주워 먹으려고 곁에 바짝 붙어있었던 거였구나. 그러고 보니 콩이가 핥았던 옷에도 밥풀이 덕지덕지 묻어 있는 게 아닌가. 이 사실을 알아차린 다음부터 나는 숟가락을 든 손에 힘을 꼭 쥐고 밥을 먹는다. 흘리는 게 줄어서일까. 털로 가득 찬 콩이의 얼굴에서 서운한 기색이 보이는 것도 같다.

콩이의 '나에 대한 사랑의 진실'을 알았을 때 겉으론 깔깔거리고 웃었지만 속으론 여러 생각이 들었다. 몇 년 사이, 눈썹 빼고 온몸이 다 아플 적에 오른쪽 어깨에 회전근개回轉筋蓋 파열이 왔다. 병원에서 설명하길 회전근개란 어깨 관절 주위를 덮고 있는 근육을 말하는데 보통 일을 너무 많이 하면 이 근육이 끊어진다고 한다. 그래서 근육을 잇는 수술을 받았지만 이후로도 한참 오른팔에 힘이 많이 부족했고 나도 모르게 밥을 먹다가 음식을 곧잘 흘렸던 거였다.

나이가 들면, 여기저기가 아프고 손발의 힘이 많이 빠진다. K의 식당이 병원 옆에 있어서 노인 손님이 적지 않게 오는 편인데, K가 그분들이 앉았던 자리를 치울 땐 아예 빗자루를 들고 가면서 대체 왜들 이러시는 거냐고 구시렁거린다.

"얘, 너도 늙어봐라~."

세상에서 가장 특별한 과외

　우리 아버지의 아들 사랑은 무척이나 아름답고 강했고 또 특별했다. 고등학교 1학년 여름방학 때였다. 아버지의 유별난 사랑은 '우리 아들, 좋은 대학 보내기 프로젝트'로 이어졌고 평범한 교육방식으로는 성에 차지 않아 매우 특별한 방법을 선택하셨다. 방학기간 동안 절에 들어가서 속세와의 인연을 끊고 공부하도록 하는 것.

　그때 태어나서 처음으로 가족들과 한 달간 떨어져 있게 됐다. 아버지의 고향은 산 좋고 물 좋은 경상북도 청도다. 청도읍에서 1시간 반가량 논길, 산길을 털털거리며 가로질러 가다 보면 작은 절 하나가 나온다. 그 절의 주지 스님과 아버지는 같은 고향 선후배 사이였는데 이 인맥으로 나를 절에 보내신 거였다. 절에는 스님 다섯 분과 공부를 하기 위해 머물고 있는 고시생 5명이 있었다. 사법고시, 행정고시, 언론고시 등등 사연도 제각각이었고 길게는 2년 가까이 절에 있는 형님들도 있었다. 아버지는 특별한 인맥을 동원해서 나의 공부를 도와줄 서울대생 형도 섭외하셨다. 서울대생 P형은 집은 울산이고 그해 공대에 들어가 학기 중에도 줄곧 아르바이트로 학비를 버는 성실한 사람이었다. 처음 만난 우리는 곧바로 여름방학 내내 절에서 합숙을 하게 됐고 이로서 절에 머무는 일반인은 7명, 우리를 제외한 형님들은 모두 군대를 다녀온 예비역들이었다.

스님들은 보통 새벽 3시에 기상해서 큰 법당에서 참회로 하루를 시작하셨다. 식사시간은 아침 6시, 점심 12시, 저녁 6시로 하루 세 번으로 정해져 있었다. 하숙생들은 아침 5시쯤 일어나 법당에서 간단히 기도를 드리고 아침밥을 먹는 것으로 하루를 시작했다. 아침은 밥, 국, 나물, 딱 3가지가 기본으로 나왔는데 문제는 음식을 조금이라도 남겨선 안 된다는 것. 처음엔 이것이 너무 힘들어서 같이 사는 형님들이 내 몫까지 먹어주곤 했지만 며칠이 지나자 새벽녘 배고픔에 눈이 저절로 떠지고 아침밥을 기다리는 내 모습을 보게 됐다.

아무것도 없는 절에서 밥 먹는 시간 외에는 무얼 할까?

방에는 에어컨도 없었고 맞바람이 부는 구조도 아니었기 때문에 한낮의 방안은 찜통처럼 뜨거웠다. 그래서 형님들은 점심밥을 먹고 난 이후 간단히 책을 챙겨 들고 계곡으로 자리를 옮겼고 그곳에서 낮잠을 자거나 운동도 하면서 각자의 시간을 보냈다. P형과 나도 처음 며칠은 잔뜩 가져간 책을 펼쳐서 공부했지만 무더운 여름날 피 끓는 청춘들 눈에 책이 들어왔겠는가. 우린 계곡에서 물놀이도 하고 절 아래쪽으로 내려가 참외며 자두, 복숭아 따위를 몰래 따서 계곡물에 시원하게 담갔다가 먹었다. 특전사 출신의 형님을 따라 산에 올라 이름 모를 열매도 따고 더덕이나 약초를 캐기도 했다. 한 마디로 공부하러 온 절에서 공부보단 자연인의 삶을 익혔으니 '염불에는 마음이 없고 잿밥에만 마음이 있다'란 말이 이래서 나왔나보다.

이렇게 시간을 보내고 절로 돌아와 저녁밥을 먹고 나면 그때부턴 다음날 새벽까지 또 아주 긴 시간이 남았다. 형님들은 '공부는 체력'이라면서 우리에게 여러 운동을 가르쳐줬다. 줄넘기, 턱걸이, 팔 굽혀펴기, 아령과 덤벨 들기…. 매일 밤 1시간씩은 꼭 운동을 했던 것 같다. 그래서인지 P형과 나는 방학이 끝날 즈음 줄넘기 2단 뛰기와 팔 굽혀펴기를 체육 특기생 수준으로 할 수 있었다. 운동이 끝나고 나면 당연히 저녁밥은 이미 소화가 다 됐고 그럼 배고픔에 잠을 잘 수가 없었다. 야식의 달콤함을 언제 배웠냐고 묻는다면 단언컨대 내 나이 열 일곱에 배웠다고 답할 것이다.

　　형님들 방에는 책보다 훨씬 많은, 온갖 종류의 먹을거리들이 있었다. 초코파이, 컵라면, 건빵 그리고 종류별로 있는 과자와 통조림까지…. 형님들은 막내 동생뻘인 나에게 자신들의 소중한 비상 식량을 나눠줬고 그렇게 긴 여름밤, 세상에서 가장 맛있는 군것질을 하고 형님들의 무용담을 들으면서 '나도 어른이 되면 형님들처럼 해봐야지!' 하는 꿈을 꾸기도 했다.

　　한번씩 비가 오는 밤이면 특전사 형님은 온갖 과일과 약초로 직접 담근 과실주를 조금씩 나눠주기도 했다. 처음 맛본 술이 너무 써서 많이 마시진 못했지만 형님들이 다함께 모인 자리, 그 분위기가 너무 좋아서 꾸벅꾸벅 졸 때까지 함께 했다. 형님들은 일부러 무서운 귀신 이야기를 들려주면서 겁을 줬기 때문에 숙소에서 떨어진, 밑이 뻥 뚫린 재래식 화장실을 갈 때면 P형과 나는 랜턴을 들고 쭈뼛거리며 함께 갔다.

　　그렇게 아버지의 바람과는 다소 동떨어진 여름방학을 즐겁게(?) 마치고 17살의 나는 공부를 제외한, 나머지 인생의 많은 것들을 가르쳐준 형님들과 아쉽게 작별해야 했다. 집으로 돌아오니 부모님은 어린 나이에 집을 떠나 한 달간 공부(?) 하고 돌아온 아들이 자랑스럽고 대견해서 어쩔 줄 몰라 하셨다. 그리고 절에 있느라 홀쭉해진 것 같다면서 대견한 아들에게 갈비를 배가 터지게 사 주셨다.

학교로 돌아간 나는 2학기 첫 중간고사를 봤고 내심 기대하셨던 아버지께 성적의 변화가 거의 없는 성적표를 갖다 드렸다. 성적표를 받아드신 아버지는 '역시 자식은 품에 끼고 가르쳐야 한다'는 큰 깨달음을 얻으시곤 이후로 다시는 아들을 절에 보내지 않으셨다. 인생에서 가장 특별한 여름을 보낸 학창 시절의 비밀은 내가 대학에 들어간 후 아버지와 술 한 잔을 하는 자리에서 말씀드렸다. 아버지는 '내 발등 내가 찍었다'며 뒤늦은 후회를 하셨는데 나중에 할머니께 들은 얘기지만 아버지도 학창시절 하라는 공부는 않고 사고를 하도 쳐서 할머니가 절에 보내신 적이 있다고 한다. 이 글을 빌어 다시 한 번 아버지께 고개 숙여 죄송하고 감사한 마음을 전하고 싶다.

사주팔자와 권사님

그녀는 권사님이다. 어설픈 신앙을 경계하며 뿌리반, 줄기반, 열매반 그리고 마지막 신앙 폭발반에서 성경공부를 하겠다고 했을 때 나는 과정별 이름이 참 체계적이라는 생각과 함께 그녀가 뒤늦게 목회자의 길을 걸을 줄 알았다. 세상의 모든 종교는 그 사람이 가진 성품에 따라 각기 다른 잎을 틔워내는데 우리 권사님의 경우는 올곧고 차분한 성품답게 소곤소곤 신을 믿는다.

내가 교회로 향하던 발길을 끊었을 때 그녀는 슬퍼했다. 매일 새벽 그녀의 방에선 집 떠난 탕자가 어서 돌아오길 바라는 낮은 목소리가 새어 나왔고 어쩌다 내 입에서 "아"하는 감탄사처럼 "주여"라는 말이 습관처럼 튀어나오면 그녀는 아직 수그러들지 않은 불씨를 발견한 것처럼 기뻐서 어쩔 줄 모르는 눈웃음을 지어 보였다.

　　그녀와 미용실엘 가면 무료함을 달래려고 잡지 뒷면에 실린 '오늘의 운세'를 보곤 한다. '말띠 – 하는 일마다 여의 하니 천금을 얻으리라. 뜻하지 않은 귀인을 만나거나 운수가 좋은 일이 있으니 천운이 가득하다.' 천금과 천운. 세상에 이보다 사람을 천진난만하게 무장 해제시키는 말이 또 있을까. 믿는 건 아니지만 믿고 싶은 마음이 들게 하는 것, 아마도 그것이 '오늘의 운세'인 듯 싶다. 그래서 은혜로운 표정으로 머리를 말고 있는 권사님을 보면서 "집에 갈 때 로또 살까? 천운이래요." 하니 권사님은 아직 방황 중인 탕자의 손을 잡듯 내 손을 꼭 잡고 기도하듯 두 손을 모은다. 로또, 연금복권, 점, 관상, 토정비결, 사주팔자… 우리 권사님의 세상에는 존재하지 않는 단어들. 요행을 바라는 것에 있어선 철옹성 같은 그녀도, 단박에 와르르 무너져내릴 때가 있었으니 그건 바로 우리 남매의 결혼운을 누군가 운운할 때다.

　　전문적으로 자리를 깔고 점을 봐주지 않아도 취미로 명리학을 공부하는 사람들이 있다. 나의 지난 시간을 잘 알고 있는 D언니는 사람이 좋아서 주변에 지인이 많은데 그중 명리학을 공부하는 분도 있었다. 한번은 언니가 전주에 사는 그 지인에게 내 사주를 대신 물어봐 줬다. 태어난 날짜와 시간을 얼굴도 모르는 분께 건네드렸고 전주의 명리학자 님은 이후로 2년 동안 조금씩 바뀌는 운세를 D언니를 통해 알려주며 A/S 서비스를 해주었다.

"26살 이후로 일도 엄청 많이 하고 열심히 살았을 거야.
하지만 본인이 일만 하고 남에게 공을 빼앗기는 구조라서 아마 모은 건 없을 거야.
그래도 걱정은 하지 말라 그래.
내후년부터는 여러 가지가 좋아지고
몇 년 더 고생은 하겠지만 삶은 서서히 풀릴 거야.
대운은 46세부터 바뀌긴 하겠다."

전주의 명리학자 님은 참으로 용했다. 대학을 졸업할 때도 남들보다 일찍 일을 시작했고 지금까지 허투루 산 적이 거의 없었다. IMF 외환 외기 때 집이 넘어가면서 무너진 집을 다시 세우느라 여태 바둥거리고 있던 터였다. 그날 저녁, 식탁에 마주 앉아 우리 권사님과 이런저런 이야기를 나누다가 그녀가 싫어할 줄 알면서도 무심코 낮에 받았던 문자에 대해 말을 했다. "대운이 46세에? 그럼 몇 년 남은 거지?" 그녀는 숟가락을 내려놓고 분주하게 손가락을 꼽더니 아예 턱을 괴고 다음 문장을 마저 읽어보라고 재촉했다.

> "이 친구는 25, 26, 35, 45, 46,
> 이 나이에 남자를 만나기가 쉽지.
> 내후년 후반기로 가면 예쁠 때는 왜 안 오고
> 다 늙어서 이렇게 남자가 들어오냐 싶을 거야.
> 쭈욱 70대 중반까지 남자운이 좋음.
> 사실 지금까진 거의 전무임.
> 한번 남자를 잘 물어올 생각도 해 보라고 해.
> 화장도 하고 예쁘게 하고 다니면서.
> 쥐띠나 돼지띠 남자를 만나면 무조건 잡으라고 해.
> 심은하, 김희애와 같은 일주라서
> 아마 결혼 상대가 재력이 있을 것도 같아."

권사님 얼굴이 벌게졌다. 그러더니 그 대목을 다시 읽어보라고 했다. 읽었다. 또다시 읽어보라고 했다. 그러더니 두고 두고 다시 봐야겠다며 아예 복사해서 문자로 보내 달라신다. 평소와 상반된 모습에 푸흡, 웃으니 권사님은 사주명리학은 이론적인 근거가 있는 통계학이란 점을 강조하며 적극적으로 지지하기까지. 그리곤 기다렸다는 듯 평소 품고 있던 불만들을 늘어놓으셨다. 마스카라까진 아니더라도 입술은 좀 바르고 치마까진 아니더라도 청바진 좀 그만 입고 머리도 대충 묶지 말고 피부 관리까진 아니더라도 얼굴에 허연 각질은 좀 아닌 것 같다는….

그리고 남자에 대해서도 한 말씀하셨다. 지나가다가 그냥 껌 붙듯 남자를 만날 수 있는 게 아니라면서 적극적으로 소개팅 부탁도 하고, 연애에 대한 의지를 보여야 주변 사람들이 도와준다고…. 권사님의 말씀에 두 손을 얌전히 모으고 경청했다. 그동안 얼마나 이 얘길 하고 싶으셨을까. 얼마나 꾹꾹 눌러 담고 있었으면 폭죽이 폭발하듯 쉬지 않고 말씀하시는 걸까. 남자를 물거나 잡을 생각도 없고 나는 심은하도, 김희애도 아니지만 그래도 저리 사주팔자에 기대어 열변을 토하시는 걸 보니 자식 된 도리로 경청이라도 해야 할 것만 같았다. 그리고 전주의 명리학자 님이 전한 마지막 문장을 마저 얘기할까 하다가 그냥 묻어뒀다.

"비록 호구로서의 운명을
남들보다 훨씬 많이 받고 태어났지만
그래도 너무 걱정은 하지 말라고 해."

말로 푼다

J의 출근길을 따라나선다. 딸인 J의 직장은 여의도, 아들인 K의 식당은 서대문. 집에서 가는 방향이 같기 때문에 함께 차를 타고 가다가 중간에 내린다. K의 식당에 일손이 늘 부족하다 보니 점심 장사 때 카운터라도 봐주기 위해서다. 매일 아침 10분 정도 되는 짧은 동행이지만 그 사이, 많은 대화를 나눈다. 며칠 전에는 J에게 요즘 글을 쓰기가 싫다고 했다. J는 무척 난감해했다. 출판사에서 계약하자고 연락받은 다음날이었기 때문이다.

"글쓰기 싫어."

"응? 아니 왜요?"

"몰라. 난 안 쓸 거야."

"안 돼요. 지금 그럼 어떡해?"

"늬들 둘이만 써. 난 안 쓸래. 책도 안 읽을 거야."

2년 전, 나는 글을 쓰는 게 너무 좋고 신났다. J가 처음 보조작가를 해 보자고 했을 땐 생각나는 게 있으면 막힘없이 글을 써 내려갔다. 글을 쓰는 게 뭔지 몰랐지만 서점과 도서관을 들락거리면서 책을 읽었고 매일 두세 꼭지씩 글을 써서 J에게 줬다. 그럼 J가 "잘 쓰셨어요!" 칭찬을 늘어지게 하곤 '원고료'라고 부르는 용돈도 봉투에 넣어 주면서 계속 쓰게 했다. 70세가 넘은 나이에 새 신을 신고 폴짝 뛰듯 뛰고 싶었다. 용돈을 받아서라기보다 반찬 냄새 대신 책 냄새를 맡는 게 좋았고 지식인이 된 것도 같았다. 무엇보다 J가 내 글에서 글감을 찾거나 영감을 받는다고 하니 나이 드는 것 자체만으로 자식들에게 짐이 된다 여겼던 마음이 한결 홀가분해졌다.

그렇게 즐거움을 주는 글쓰기였는데… 최근 며칠 사이에 글을 쓰는 게 이상하게 싫어졌다. 예전과 비교하면 책도 훨씬 많이 읽고 식탁에 앉아 글을 쓰는 내 모습이 덜 어색한데도, 왜 그런 걸까? 그 이유를 알 수 없으니 체한 듯 답답해서 J에게 떼쓰는 아이처럼 투정을 부렸다. 처음엔 너무 놀라서 펄쩍 뛰던 J가 잠시 침묵하더니 이내 당황하지 않고 왜 그런지를 차근 차근 같이 생각해 보자고 했다.

　　"왜 그러실까?"
　　"몰라. 그냥 싫어."
　　"왜 그냥 싫으실까?"
　　"몰라. 그냥 피곤해."
　　"왜 피곤하실까? 요즘 힘드세요?"

　　힘들었다. 코로나 때문에 인건비를 감당할 수가 없어서 어쩔 수 없이 직원 수를 줄이고 대신 가게에서 종종걸음을 치니 팔다리가 후들거리고 몸이 많이 고달팠다. 자식들이 걱정할까 봐 괜찮다며 씩씩한 척을 해도 나이를 속일 수는 없었다.

　　"그러셨구나. 힘드셨겠다…"
　　"사실 그래."
　　"이 눔의 코로나…"
　　"그리고 전에는 신나게 써 내려갔는데,
　　요즘은 자꾸 막혀."
　　"왜 그러실까?"
　　"몰라. 내 글이 맘에 안 들어. 쓰고 나면 창피해."
　　뭣 모르고 쓸 땐 괜찮았다. 내 속에서 나온 이야기가 줄

줄 적혀가는 것이 신기하고 재밌었는데 이 책, 저 책을 읽고 J가 쓴 방송원고를 매일 읽으면서 '어떻게 이런 예쁜 말들로 멋지게 묘사할 수 있을까?'란 생각이 들면서 주눅이 들었다. 무엇보다 요즘 글쓰기에 탄력이 붙은 K의 영향도 큰 것 같았다. 가게에서 점심 장사가 끝나면 K는 1호실 방에서, 나는 7호실 방에서 각자 책을 읽거나 글을 쓴다. 1호실에서는 종이가 마구 넘어가면서 신나게 글이 적히는 소리가 들린다. 내가 처음 보조작가로 글을 쓰기 시작했을 때 그랬던 것처럼 K는 연필만 들면 막힘없이 잘도 써 내려간다. 마치 맛있는 음식을 먹듯이 맛있게 글을 쓴다. 나는 마주 보이는 방에서 볼펜만 만지작거리고 있는데… 좋은 글이 고파 죽겠는데…. 입에 당기는 마땅한 단어들을 찾지 못해서 노트의 반 면도 겨우 채우는 중인데… 건넌방에서는 글쓰기를 다 마친 K가 흡족해하는 소리가 들린다. "야, 다 썼다!" K는 뜨끈한 국 한 그릇을 뚝딱 먹어치운 듯 기분이 아주 좋아 보인다.

　　　나의 속 얘기를 다 들은 J는 고개를 끄덕였다. 이유를 조금 알 것 같다고 했다.

　　　"기쁘다. 좋은 현상 같아요."
　　　"뭐가?"

"엄마가 글이 안 써지는 게."

"어째서?"

"엄마는 지금 박완서 선생님 같은 글을 쓰고 싶은데
그런 글이 나오지 않으니까 답답한 거야."

"음, 그런 것 같기도 하고."

"한 단계 넘어가는 과정 같아요.
글을 뭣 모르고 쓸 땐 아주 신나요.
하지만 어느 정도 쓰고 나면 표현에 대한 갈증이 생겨요.
저는 심지어 내가 하고 싶었던 표현을,
이미 누군가 한 걸 보면
그 종이를 찢어서 먹고 싶었어요.
글에 대한 갈증, 갈급함, 배고픔이 너무 커서."

J의 진단은 정확했다. 그리고 종이를 찢어 먹고 싶었다
는 말에 충격받았다. 작가가 되려면 이런 과정을 겪는 거구나.
K가 요즘 신나게 글을 쓰는 건 아무것도 몰라서이고, 내가 요
즘 글이 꽉 막힌 건 조금은 뭘 알아서였던 거다. 몸도 고달프
고 글은 안 써지는데 막상 책을 낸다고 하니 좋은 일을 앞두고
마음이 무거워진 거였다. J는 이럴 땐 억지로 글을 쓰지 말고
책도 읽지 말고 컨디션을 회복할 때까지 기다리자고 했다. 그
리고 K와 상의해서 가게 일손을 늘리는 방법을 찾아보겠다고

했다.

　　지금은 J에게 속을 털어 넣고 나니 위경련 났던 마음이 조금 진정된 것 같다. '다음 단계로 넘어가는 과정.' 나는 또 하나의 산을 넘으며 이 나이에 성장통을 앓는 중이다.

술로 푼다

몇해 전, 친한 형의 장모님이 돌아가셨다는 연락을 받았다. 문상問喪 겸 그동안 바빠서 연락이 뜸했던 친구들이 오랜만에 모인다는 소식에 '한 잔 하겠구나' 싶어서 인천으로 향했다. 역시나 모두 세월의 흔적을 덕지덕지 묻히고 나타났다. 대학 시절 풋풋했던 얼굴은 찾아보기 힘들었고 이젠 누가 봐도 중년의 아저씨 얼굴에, 다들 휑한 머리숱을 가지고 있었다.

장례식장에서 간단히 조문을 드리고 가까운 호프집으로 자리를 옮겼다. 일단 시작은 짧고 굵게 소맥으로. 그래도 소주와 맥주의 비율은 각자의 주량에 맞게 차이를 뒀는데 주당파는 5:5, 비주당파는 2:8로 맞췄다. 오랜만에 가진 술자리는 즐거웠지만 각자 꺼내든 이야기는 묵직했다. 영업직으로 일하는 친구들은 회사에서 명퇴 신청을 받고 있다며 회사에 다니면서도 눈치가 보인다고 했고 선박회사에 다니는 친구는 회사 사정이 좋지 않아서 살얼음판을 걷는 것 같다고 했다. 다들 누가 더 힘든지 내기라도 하듯 푸념을 늘어놓고 있을 때, 나도 한마디 했다. "나, 서울 사대문 안에서 식당한다." 경기가 좋지 않았고 그때도 눈을 뜨면 폐업 소식이 줄을 잇던 때여서 친구들은 그제야 '미안하다'며 술이나 마시자고 했다.

학교 다닐 때부터 '술자리는 무겁지 않아야 한다'는 지론을 가지고 있었다. 그래서 주제를 바꿔야겠다 싶어서 먼저 포문을 열었다. "아까부터 봤는데 너희들 머리숱이 왜 다 휑하냐?" 그 말을 꺼낼 때까지만 해도 알지 못했다. 세상에 그렇게 많은 탈모약이 있고 대한민국의 남성들이 그 약들을 얼마나 많이 챙겨 먹는지를. 중년의 아재들은 앞다퉈 정수리를 들이밀며 자신들의 탈모 진행 상황, 다니는 병원, 사용하는 보조기구, 먹는 약 정보를 털어놨고 거의 논문을 쓸 정도의 많은 이야기들이 오고 갔다. 메뚜기 가루, 검은콩, 목초액, 처방약… 조금이라도 효과가 있다고 들은 정보들은 죄다 튀어 나왔다.

나 또한 유전적인 영향으로 탈모를 피할 수가 없어서 30대부터 이 고민을 안고 있었다. 다행히 딱 맞는 약을 찾으면서 탈모인의 대열에서 벗어날 수 있었는데 단점은 약을 끊으면 탈모가 다시 진행된다는 거였다. 그래서 의사는 아니지만 제약 회사를 다니는 친구에게 지금까지 우리가 말한 방법들 중 어떤 것이 가장 효과적인지를 물었더니 그 친구도 의사에게 처방받은 약을 복용 중인데 똑같은 단점을 겪고 있다고 했다.

먹는 약에 대한 얘기에서 이번엔 '머리카락을 심는 주제'로 넘어갔다. 갑론을박을 벌이고 있을 때, 한 친구가 머리카락을 심은 친형의 이야기를 들려주었다. 2년 전쯤 심었지만 지금도 한 달에 한번은 꼬박꼬박 병원에 가서 관리받고 약도 챙겨 먹고 있다며 이 역시 아주 완벽한 방법은 아니라는 결론을 내줬다. 그렇게 두 시간 가까이 탈모에 대한 토론 아닌 토론을 마친 우리는 각자 택시를 타는 것으로 술자리를 마무리지었다. 자영업자로, 이 시대를 가장 힘들게 살고 있다고 뽑힌 나는 술값을 면제받았을 뿐 아니라 친구들이 택시비까지 지불해 줘서 기분 좋게 집으로 돌아왔다.

비록 탈모 이야기로 도배가 된 시간이었지만 나이가 들어도 학교 다닐 적 친구들과의 술자리는 가볍고 여전히 철없는 분위기라서 가끔은 그 자리가 종종 그립다. 20, 30대까지는 술자리가 많고 만날 사람들도 많아서 혼자 술 마실 일이 거의 없었는데 40대에 들어서니 대부분 결혼하고 아이를 키우느라 저녁 모임이 자연스럽게 줄어들었다. 그래서인지 요즘은 혼술을 즐기는 편이다. 종일 장사를 하고 몸이 천근만근 피곤할 때 몇 잔 걸치면 마치 사우나 온탕에서처럼 몸이 노곤노곤해져서 잠이 솔솔 잘 온다. 그래도 가끔은 이렇게 동시대를 살아가는 친구들을 만나 소주 한 잔을 기울이며 중년의 무게를 함께 털어냈으면 싶다.

글로 푼다

호피족Hopi은 미국 애리조나 주 북동부에 사는 아메리카 원주민이다. 오래 전부터 건조한 땅에 농사를 지으면서 이 지역에서 살아왔다고 한다. 그들은 항상 비가 절실하기 때문에 기우제를 지내는데 이들이 기우제를 지내면 반드시 하늘에서 비가 내린다는 이야기가 있다. 그 이유는 다름아닌 비가 내릴 때까지 기우제를 지내기 때문이다. 한 마디로 될 때까지 해 보자는 것. 아메리카 원주민들의 기우제처럼 나도 나만의 기우제를 지내보기로 했다. 공모전이 걸린 하늘에서 상금이 비처럼 내리기를 바라면서 될 때까지 계속 글을 써보자는 계획.

이 계획을 지키기 위해선 일단 시간이 절대적으로 필요했다. 새벽 5시부터 시작되는 나의 하루는 보통 밤 10시까지 쭉 원고 쓰는 일로 채워진다. 원고는 되도록 맡은 프로그램이 방송되는 시간에 맞춰서 쓰는 편인데 그래야만 그 시간의 온도, 습도, 조도, 풍속 등이 주는 아주 미세한 느낌을 반영할 수 있어서다. 굳이 이렇게까지 해야 할까도 싶지만 누가 알아주지 않더라도 청취자에 대한 작가의 예의라고 생각한다. 그래서 하루에 글쓰기에 최적화된 뇌가 여러 번 회전하는 것은 벅찬 일이어서 평일엔 다른 글을 쓸 여유도, 여력도 없었다. 하지만 코로나로 여느 자영업자들의 집이 휘청이는 것처럼 우리집도 흔들리는 걸 보면서 어떤 지푸라기라도 잡아야 할 판이었다.

'어떡하면 좋을까?' 그래서 잡은 지푸라기가 주말 새벽이다. 아무도 방해하지 않는 서늘한 새벽에 글을 쓰다 보면 어느새 몸이 훈훈하게 달궈진다고 한《노인과 바다》의 작가 어니스트 헤밍웨이처럼 아무도 방해하지 않을 공간, 머리가 서늘해질 시간으로 걸어들어가기 위해 찾은 곳이 돈을 벌기 위해 늘 앉던 그 자리, 방송국 작가실이었다. 주말이면 텅텅 비어있는 작가실로 가기 위해 새벽 4시 30분쯤 일어나 5시경에 도착하면 그때부터 낮 12시까지 꼼짝도 않고 글을 썼다. 어찌 보면 참 이상한 얘기지만 사실 그동안 이렇게 진짜 내 글을 써본 적이 없었다. 방송원고를 위해 그날의 온도, 습도까지 챙겨보던 나는 정작 내 안의 바람이 어느 방향으로 부는지, 바람의

결이 고운지 거친지, 내 안의 파도가 얼마나 일렁이는지는 살피지 못했다. 나의 이야기를 듣는 일에 소홀했던 탓에 한동안은 주말 새벽에 집밖을 나선 보람도 없이 터덜거리며 빈 손으로 돌아오기가 일쑤였는데 그렇게 한 3주쯤 작가실에서 혼자만의 씨름을 하다 보니 '숲'을 주제로 한 첫 번째 에세이가 나왔고 내친 김에 '유년 시절'을 적은 두 번째 에세이가 눈앞에 놓이게 됐다.

　　숲을 주제로 한 에세이 제목은 '도시인들의 안식처, 퀘렌시아'였다. 스페인어인 퀘렌시아Querencia는 '피난처'라는 의미를 가지고 있는데 투우사와 싸우다가 지친 소가 거친 숨을 가다듬고 다시 힘을 모으기 위해 찾는 공간을 말한다. 소만 아는 자리인 퀘렌시아처럼 나 또한 방송국에서 거칠어진 호흡을 가다듬기 위해 혼자서만 찾는 곳이 있었는데 그곳은 바로 숲이다. 살면서 위로가 필요한 순간에 때론 사람들의 넘치는 말보다 말없이 서 있는 나무가 더 큰 위로를 주기에 나무들의 조용한 대화법을 이해하고 싶어서 숲 해설사 자격증을 땄다. 그리고 숲에 대한 이야기를 한번 써 보기로 했다.

　　창문도 없는 작가실에서 숲 이야기를 쓰고 있자니 새하얀 종이에 초록잎이 돋아나면서 한 줄씩 채워갈 적마다 숲을 향해 달려가고 있는 나를 보게 됐다. 글쓰기에 몰입을 하다 보니 작가실엔 어느새 나무들이 뿌리를 내리고 새들이 날아와 산사나무에 달린 빠알간 열매를 따 먹고 청서는 야무지게 솔 방울을 쥔 채 심지만 남겨두고 돌돌돌 갉아 먹는다. 몇 주 전 난지천 공원에서 만난 성격 좋은 토끼가 나와 흰 등을 내밀기 도 하고 발밑에선 쑥부쟁이, 참나리, 냉이, 시금치, 봄동이 "거, 발 좀 치워 주겠소?" 하며 고갤 내민다. 새들이 열매를 먹고 하 늘에서 배설해 버린 씨앗은 땅에 떨어져 한 그루의 나무가 되 고 다람쥐가 묻어두고 잊은 망각의 도토리는 싹을 틔워 또 하 나의 나무가 되기도 한다. 그렇게 한 그루 두 그루의 나무가 모여 울창한 숲을 만드는 것처럼 숲의 이야기를 한 줄, 두 줄 적다 보니 나는 어느새 숲의 일원이 되어 있었다.

유년 시절을 소재로 한 두 번째 에세이 제목은 '민들레 와 소국'이었다. 신성일 씨를 닮은 아빠가 주홍빛 감나무로 물 든 고향 청도에서 작고 예쁜 소국 같은 그녀를 만나 일편단심 민들레가 된 이야기부터 탄광조합 소장인 아빠를 따라 바닷가 마을로 이사를 다닌 사연 그리고 눈이 펑펑 내리던 날, 그 눈을 온 머리와 어깨에 이고 수능시험이 끝날 때까지 밖에서 기다 리던 아빠에 대한 기억까지⋯. 치열하게 사는 동안 꺼내 보지 않기로 한 그 단어_아빠. 민들레 홀씨처럼 떠나버린 아빠에 대한 기억을 떠올릴 땐 작가실에 작은 꼬마 아이가 혼자 주저앉아 숨죽여 울고 있었다. 아팠다. 울고 싶었다. 하지만 참고 있었다. 언젠가 한번은 제방이 무너지듯 무너질 줄은 알았지만 그곳이 혼자 있는 작가실일 줄은 몰랐다. 그렇게 돌로 꾹꾹 눌러두었던 기억을 하나, 둘 들춰내다 보니 나는 어느새 아빠의 손을 잡고 바닷가를 거닐며 흰 눈을 맞고 있었다.

'글이란 대체 무엇일까?' 이제야 물음표를 던져본다. 19년차 방송작가라는 경력이 무색할 정도로 요즘 나의 이야기를 적어가며 다시 새내기 작가가 된 듯하다. 방송원고가 한껏 치장한 풀메이크업을 한 얼굴이라면 주말마다 써 내려가고 있는 글은 화장을 다 지운 민낯 같기만 하다. 글 앞에서 혼자 울고 웃는 요즘의 내가 참 생소하지만 그때마다 언제나 '그래도 괜찮아'라고 토닥여주는 글이 있어서 깊은 숨을 쉬는 중이다.

——————————————————————————— #1

영원히 막내이고 싶었단다

"

　지은아, '반짝이는 기억을 찾아보자'는 너의 주문에 며칠째 공을 들여 곰곰이 생각해 봤다. 73세, 녹슨 자전거 같은 나이가 돼 버려서인지 '반짝반짝'이라는 단어가 참 낯설고 기억을 한참 더듬어야 하더구나. 그러다가 어릴 적 부현이로 돌아가 봤단다.

　너희들의 엄마이기 전에 나는 칠남매의 막내였다. 오빠가 셋, 언니가 셋, 그리고 막내인 나. 그중 첫째 언니와 둘째, 셋째 오빠가 세상을 등지고 먼저 가셨으니 이젠 사남매의 막내구나. 옛날에 우리 아버지는 서울시 종로구 돈의동 그러니까 지금의 파고다 공원이 있는 곳 부근에 있는, 아흔 아홉 칸짜리 집에서 사셨단다. 당시 사대문 안에는 양반들이 살았는데 우리 아버지도 손이 귀한 집 자손으로, 토지개혁이 있기 전까지는 어마어마한 집안의 자손이셨다는구나.

어렴풋이 떠올려 본다. 당시 내가 국민학생일 때였을 거다. 아버지는 당신이 사시던 동네와 집이 그리우셨던 걸까. 어린 나의 손을 잡고 가서는 집 근처를 기웃거리며 나지막한 담장 너머를 한참동안 쳐다보셨던 기억이 난다. 어마어마하게 넓은 집이었는데 그땐 요정(料亭)이라 불리는 고급 요릿집으로 바뀌 있었어. 지금은 그 자리에 호텔이 들어섰는데 가끔 종로를 지날 때면 아직도 말없이 뒤돌아서던 아버지의 모습이 생각나는구나. 그 집이 아버지가 사셨던 아흔 아홉 칸짜리 집이었나 봐.

나는 막내여서 항상 철이 없었다. 중학생이던 시절에도 언니랑 같은 방을 썼는데, 밤이면 슬그머니 아버지랑 어머니 방으로 건너가 그 사이에서 잠을 잤으니 말이다. 아버지 요 밑에는 항상 맞주름이 잡힌 내 교복치마가 깔려 있었어. 그럼 아침에 다리미로 다린 것처럼 주름이 선명하게 잡혀 있었거든. 아버지는 철없는 막내딸을 무뚝뚝하지만 당신의 조용한 방식으로 아낌없이 사랑해 주셨단다. 봄이면 창덕궁 비원으로 벚꽃놀이도 데려가 주셨고, 창경궁에 동물원이 있었던 시절엔 목마를 태워서 구경시켜 주셨지.

하지만 이미 내가 철이 없었다고 말한 것처럼 어린 나는 나이 많은 아버지가 무척 창피했다. 중·고등학교 시절에도 추위를 유독 많이 타서 비 오는 날이면 아버지가 우산을 들고 학교에 오셨어. 그럼 친구들이 "부현아, 너희 할아버지 오셨다" 하니까 나는 그게 창피해서 아버지한테 오지 마시라고 악을 썼지. 입을 삐죽 내밀고 집엘 가다 보면 남대문 극장 앞에 코코아와 토스트를 파는 리어카가 있었는데 아버지는 꼭 거기서 코코아 한 잔과 토스트 하나를 사 주셨다. 그럼 나는 그걸 혼자 다 먹고 아버지는 그런 나를 가만히 쳐다보셨어. 그땐 왜 '한입 드실래요?'라고 말할 생각을 못 했을까….

아버지는 평생 밥상에 꼭 소고기나 생선이 있어야 진지를 드셨는데 집이 가난해져도 어머니는 어디서 구하셨는지 꼭 아버지 밥상에만 소고기를 자작하게 볶아서 내어주셨다. 그럼 아버지는 작은 공기에 고기 몇 점을 미리 덜어주셨어. 그때 내 별명이 고양이였거든. 아버지가 당신 몫의 고기나 생선을 몇 점 주시면 옆에 앉아서 냠냠거리며 먹었다. 그런 내 모습을 오빠나 언니들은 그냥 보고만 있었는데 그땐 그래도 혼자 맛있게 잘 먹었던 것 같네.

그 당시엔 몰랐는데 요즘도 춥거나 비가 오는 날이면 가방을 대신 들어주고 코코아와 토스트를 사 주시던 아버지가 그리고 엄마가 그립다. 내 나이 73세에….

”

돈가스집 사장이 되고 싶었지요

"

어머니, 어릴 적 드셨던 코코아와 토스트… 비록 그때
의 그 맛은 아니겠지만 제가 자주 사다 드릴게요. 막내로 사랑
만 받다가 어머니의 무게를 감당하면서 얼마나 무거우셨을까,
하는 먹먹함도 듭니다.

'반짝이는 걸 찾자'는 말에 저는 그냥 가장 좋았던 기억
을 떠올리다 보니까, 어릴 적 할아버지가 사 주신 돈가스 생각
이 났어요. 그때가 유치원을 다니던 때 같습니다. 기억나세요?
집에서 유치원까지 거리가 걸어서 20분이었는데 2년 동안 매
일 할아버지 손을 잡고 다녔잖아요. 제 기억에 할아버지는 큰
키에 풍채가 좋으셨고 중절모를 즐겨 쓰던 멋쟁이셨는데 저를
참 끔찍이 예뻐해 주셨던 기억이 납니다.

비가 오나, 눈이 오나, 할아버지와 함께 유치원을 다니고 드디어 졸업을 앞둔 어느 날이었어요. 어머니는 모르셨겠지만 할아버지와 단둘이 맛있는 걸 먹으러 갔던 적이 있습니다. 할아버지가 제 손을 잡고 간 곳은 경양식집이었어요. 식당 안은 어두웠지만 따뜻했고 바닥엔 푹신한 카페트가 깔려 있었는데 그곳에서 할아버지와 둘이 아주 특별한 음식을 먹었더랬죠. 그건 바로 제 인생의 첫 '돈가스'였습니다.

7살 아이가 처음 맛본 돈가스는… 마흔이 넘은 지금까지 생생히 기억날 정도로 아주 강렬했답니다. 기름에 튀겨진 바삭한 고기 위로 달달한 소스가 잔뜩 끼얹어진, 그 돈가스란 음식이 얼마나 맛있던지 눈이 번쩍 뜨였던 것 같아요. 무엇보다 돈가스를 먹기 전에 따뜻한 스프와 빵이 먼저 나오는 것도, 또 할아버지가 포크와 나이프로 손수 고기를 잘라 입안에 넣어주신 것도 잊혀지지가 않습니다. 할아버지는 포크와 나이프를 제 손에 쥐여주면서 천천히 돈가스 먹는 법을 알려주셨는데 지금도 가끔 그때를 생각하면 '옛날 사람인 할아버지가 언제 그런 음식을 드셔 보셨을까?' 멋쟁이셨던 게 분명하다는 확신도 드네요.

디저트로 새콤달콤한 오렌지 주스까지 다 마시고 집으로 돌아오는 길에 할아버지는 집에 가서 할머니한테 절대 돈가스 먹은 사실을 말하지 말라고 신신당부하셨지요. 나중에 안 사실이지만 당시 할아버지는 할머니한테 용돈을 받아 생활하셨다고요. 아마도 무서운 할머니한테 혼이 날까 봐 그러셨던 것 같습니다.

다음해 초등학생이 됐을 때, 아버지의 발령지를 따라 강원도 묵호로 갔지요. 그때가 지은이 생일이었던 것 같은데 우리 네 식구가 다같이 '동해회관'이라는 고깃집 갔던 거 생각나세요? 왜, 그때는 식당 이름에 '회관'이란 글자가 붙으면 규모가 꽤 있는 곳이었는데 우리가 거기서 돈가스를 먹었어요. 할아버지와의 약속을 지키느라 이제야 말씀드리지만 사실 그게 제 생애 두 번째 돈가스였답니다. 그 시절 시골에서는 유일한 돈가스집이었는데 비록 식전 스프와 빵이 나오지 않아서 섭섭했지만 그래도 왕돈가스가 엄청나게 커서 만족스러웠지요. 지은이한테는 아마 첫 돈가스였을 거예요. 할아버지와 함께 먹었던 돈가스의 강렬한 맛에는 못 미치지만 지은이의 놀라는 표정을 보면서 맛있게 먹었던 기억도 나네요.

요즘도 가끔 옛날 경양식 돈가스집을 찾아다니곤 합니다. 할아버지와 처음 갔던 그 집도 가 봤는데 놀랍게도 아직 골목 안에 '문 레스토랑'이라는 간판을 달고 운영을 하고 있더라고요. 혹시나 하는 마음에 돈가스와 맥주를 시켜서 먹어 봤지만 역시나 어린 시절의 그 맛은 안 나더군요. 이후로도 남산과 종로3가 뒷골목에 있는 돈가스집엘 가 봐도 옛날의 맛을 찾을 수가 없는 건 아마도 할아버지와 함께 먹었던 돈가스에는 누구도 흉내 낼 수 없는 '추억의 맛'이란 소스가 끼얹어져 있어서였나 봅니다.

　　어머니, 잠시 잊고 있었는데 한때는 제 꿈이 돈가스집 사장이 되는 거였어요. 글을 쓰면서 추억을 들추는 작업을 하다 보니 잊고 있던 꿈도 생각나고 돈가스를 잘게 썰어서 입에 넣어 주시던 할아버지 생각도 나고 다시 7살 아이로 잠시 돌아간 듯싶습니다. 추억을 들추는 건 다소 낯간지럽다 생각했는데 알고 보니 참 맛있는 시간이네요. 오늘 저녁은 아무래도 어머니, 지은이랑 같이 맛있는 돈가스를 먹어야겠습니다.

"

바다가 되고 싶어요

"

오빠, 남매로 같은 시공간을 살아왔는데 어쩜 이렇게 기억하는 것들이 다를까? 마치 모르는 사람의 옛날 이야기를 듣는 것처럼 내 기억 속엔 없는 우리 가족의 이야기를 듣게 되네. 한참 걸어온 길을 뒤돌아서서 슬그머니 호주머니에서 빠져버린 물건을 찾아 다시 주워든 기분이 들어.

나는 반짝이는 순간을 떠올렸을 때 강원도에 살았던 생각이 난다. 오빠는 묵호 국민학교 5학년이고 내가 2학년이었을 때 거기가 아마 강원도 동해시 발한동이었을 거야. 그때 아버지가 탄광조합 소장이셔서 아버지를 따라 서울에서 강원도로 이사를 갔었잖아. 바닷가 마을에 있는 마당집에는 커다란 감나무가 있었고 봄이면 함박눈처럼 주먹만한 꽃잎을 떨구는 목련

나무도 있었어. 아버지는 마당에 연탄이 담긴 철통을 놓고 우리에게 자주 바다낚시를 가자고 하셨지. 물고기를 잡아 와서 마당에서 구워 먹는 로망, 아버지한텐 그런 바람이 있으셨던 것 같아.

　　도시에만 살았던 엄마와 낚싯대보다 더 작은 우리 남매를 이끌고 아버지는 의기양양 바다로 향하셨어. 아버지를 따라간 곳에는 눈이 부시도록 아름다운 바다가 기다리고 있었는데 오래 전 일이라 정확히 기억나진 않지만 아마도 그건 내가 만난 첫 바다였을 거야. 처음 마주한 그 바다는 계속 말을 거는 듯 했어. 바다 위로 해가 떠오른 곳엔 엄청나게 많은 물고기떼가 배를 뒤집은 채 펄떡이고 있었는데 참 신기한 건 그 물고기떼가 계속 해를 따라다닌다는 거였어. 해가 동쪽에서 서쪽으로 자리를 옮길 때마다 따라다니던 물고기떼. 나중에 안 사실이지만 그건 물고기가 아닌 물비늘, 햇빛에 비치어 반짝이는 잔물결이었더라고.

　　내가 이렇게 물멍을 하고 있을 동안 아버지는 방파제 한 쪽에 쪼그리고 앉아서 한참 낚싯대를 만지셨어. 그리곤 오빠의 등 뒤에서 커다랗게 포물선을 그리며 릴을 던지는 방법을 알려주셨지. 엄마와 나는 낚싯바늘에 지렁이를 매달아서 방파제 틈새에서 게를 잡으라고 하셨는데 지렁이도, 게도 무서웠던 엄마와 나는 금세 낚싯대를 접고 둑에 앉아서 바다와 아버지와 오빠를 쳐다봤어.

그런데 그거 생각나? 물고기가 많이 안 잡혀서 우리가 시무룩해 있을 때 어디선가 북소리, 꽹과리 치는 소리가 들리더니 동네 사람들이 대야랑 양동이를 양손에 들고 바닷가로 몰려 왔잖아. 아직 도시냄새가 온 몸에 배어있던 우리 가족은 무슨 일이 났구나 싶어서 서둘러 낚싯대를 거뒀는데 그때 방파제 앞 바닷물 색이 갑자기 짙은 잉크색으로 변하더니 갈매기떼도 끼룩거리며 몰려들기 시작했어. 바닷물 색은 어둡게 변하고 사람들과 갈매기떼가 몰려오고… 지금 생각하면 재난 영화의 한 장면 같기도 한데 마을 사람들이 양동이로 정신없이 퍼올리는 걸 봤을 때 그제야 우린 그게 '멸치떼'라는 걸 알았어. 먼 바다에서 어선들이 그물몰이를 했을 때 그물에 담기지 못한 멸치떼가 길을 잘못 들어서 바닷가로 온 거였고 그런 일을 자주 겪었던 마을 사람들은 꽹과리 소리로 멸치들의 혼을 쏙 빼놓은 다음 양동이로 퍼올린 거였지. 눈치 빠른 우리 아버지도 빈 물고기통을 들고 달려가 멸치떼를 쓸어 담으셨고 계속 어리둥절한

상태였던 엄마와 우리 남매는 뭔진 모르지만 마구 신이 났던 것 같아.

　　만선의 꿈을 안고 바다로 향했던 우리는 정말 물고기 담는 통이 찢어질 정도로 멸치를 한가득 담아 와선 마당의 연탄불로 맛있게 구워 먹었잖아. 잔멸치가 아니라 손바닥만큼 큰 멸치여서 바짝 구워진 멸치를 양손으로 잡고 갈비를 뜯듯 북북 뜯어먹었는데 손이며 입가에 시커먼 검댕이를 묻히고 먹던 그 맛을 나는 아직 잊을 수가 없다. 온 동네 집집마다 생선 굽는 고소한 냄새를 풍기면서 흰 연기가 모락모락 피어올랐는데 그러니까 멸치떼 덕분에 온 동네가 마을잔치를 하는 분위기였지.

　　그래서일까…. 나는 바다가 참 좋다. 반짝이는 잔물결을 보면 멸치떼가 추억을 등에 업고 오는 것도 같고 파도 소리에 꽹과리 소리도 실려 오는 것 같고 그물을 던지면 아버지가 계시던 네 식구의 평화롭던 시절 이야기들이 건져 올려질 것 같아서 바다가 참 좋다.

”

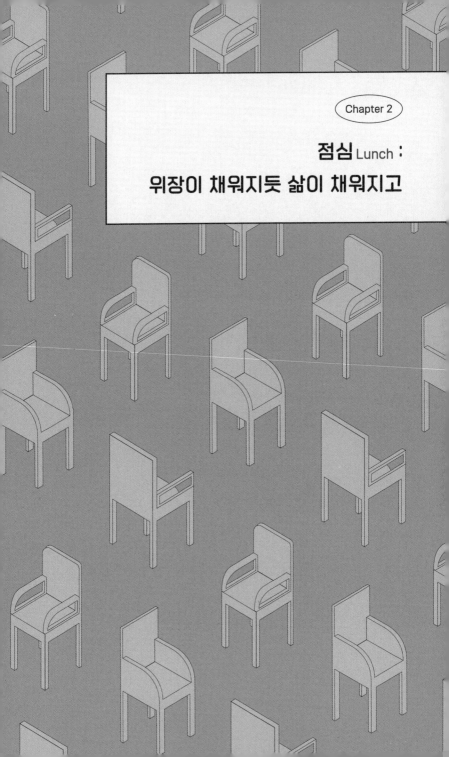

Chapter 2

점심 Lunch :
위장이 채워지듯 삶이 채워지고

내를 건너서 숲으로

장난삼아 한 말이 씨가 된다더니 이미 씨는 뿌려졌고 그 씨앗은 움을 틔우며 새싹을 만들 준비를 하고 있다. 원고를 쓰느라 힘들어 보이는 J의 모습이 안쓰러워서 무엇이라도 도움이 되고자 한 말이었는데 J는 보조작가가 되려면 일단 책을 많이 읽어야 한다면서 내 손을 잡고 주말마다 도서관엘 데리고 다녔다. 처음 함께 간 곳은 은평구 신사동에 있는 '내를 건너서 숲으로 도서관'이었다.

안 그러려고 해도 처음 서점에 갔을 때처럼 자꾸만 주변을 두리번거렸다. 요즘 도서관은 이렇구나⋯. 내가 학교 다닐 때만 해도 도서관이라고 하면 사람이 많지 않았고 아주 공부를 잘하는 애들이 가거나 아니면 연애를 하던 곳이었는데 요즘 도서관에는 남녀노소 누구나 자유롭게 책을 읽고 있었다. 창밖으로 푸른 숲도 보이고 하얗게 페인트칠이 된 실내에는 주제별로 책이 잘 보이도록 진열돼 있었다. 꼭 마트에 가면 냉장 코너에 우유나 음료수가, 반찬코너에 반찬들이 줄지어 있는 것처럼 잘 정돈된 책을 보니까 신기한 마음에 처음 마트 구경을 하듯 어디에 뭐가 있는지 보느라 눈이 자꾸만 이리저리 돌아갔다.

　　J는 도서관에 도착하자마자 안내 데스크에 가서 회원증을 만들자고 했다. 회원정보를 입력하는 컴퓨터에 1949년생이라는 생년월일과 몇 가지 정보를 J가 대신 입력했다. 그리고 카드를 받기 위해 직원에게 가니 아마도 도서관에서 가장 나이가 많은 회원일 거라고 했다. 일흔이 넘은 나이에 도서관 회원증을 만들다니…. 신용카드처럼 생긴 네모난 회원증을 받아들고 꿈을 꾸는 듯했다. 오랜 세월 몸 담았던 식당이 아닌 도서관에서, 음식 냄새가 아닌 책 냄새를 맡으며 내를 건너 숲으로 날아가는 작은 새가 된 것만 같았다.

　　J에게 '내를 건너서 숲으로 도서관', 이름도 참 멋지다고 하니까 J가 직원처럼 능숙하게 설명을 해줬다. '내를 건너서 숲으로'라는 말을 직설적으로 풀면 '불광천을 건너서 비단

산으로'라고. 그러면서 이 도서관은 윤동주 시인의 탄생 100
주년을 기리기 위해서 세운 곳이라 도서관 이름도 윤동주 시
인의 시의 첫 구절에서 따온 거라고 했다.

　　내를 건너서 숲으로
　　고개를 넘어서 마을로

　　어제도 가고 오늘도 갈
　　나의 길 새로운 길

　　민들레가 피고 까치가 날고
　　아가씨가 지나고 바람이 일고

　　나의 길은 언제나 새로운 길
　　오늘도… 내일도…

　　내를 건너서 숲으로
　　고개를 건너서 마을로

　　J가 윤동주 시인의 시집을 꺼내 들어서 '새로운 길'이라
는 시를 보여줬다. 오랜만에 윤동주 시인의 시를 읽으니 학창

시절 시 낭송을 한 것도 생각나고 나도 어쩐지 보조작가가 된 기념으로 시를 한번 써보고 싶단 생각이 들었다. 그래서 종이 한 장을 꺼내 들어서 적어봤다. 제목은 '오래된 길'.

남편과 함께 걸어온 길.
아들과 함께 걸어온 길.
딸과 함께 걸어온 길.
익숙하지만 오래된 나의 길.

오래된 길 위를 오늘도 나는 걷는다.
그 길의 끝이 두렵지 않게 된 나이.
아들아, 딸아,
인생길의 끝은 언제나 온단다.

글쓰기의 숲으로

J의 권유로 글을 쓰게 된 지 벌써 두 달이 넘어간다. 남자들이라면 대개 공감하겠지만, 아무리 힘든 일이 있어도 눈물을 잘 보이지 않는 편인데 요즘은 글을 쓰면서 나도 모르게 얼른 눈물을 훔칠 때가 있다. 부모님에 대한 글을 쓸 땐 마음에 물이 차올라서 3일 만에 겨우 글쓰기를 마무리 했고 동생인 J에 대한 글을 쓸 때도 마찬가지였다. 조절이 안 되는 눈물을 보면서 많이 당혹스러웠다. '남자들도 갱년기가 온다는데 나도 혹시?' 하는 생각에 인터넷으로 '중년. 남성. 갱년기 증상'에 대해 검색도 해 봤다.

얼마 전, 부산에 사는 친구 P군과 정말 오랜만에 통화를 하게 됐다. 어떻게 지내냐는 질문에 "요즘 글 쓴다" 하니

P군은 "뭐라카노? 뭔 이상한 소리를 해쌌노?" 하면서 믿지 않는 눈치였다. 이후로 오랜만에 또다른 친구 H와 통화를 할 때도 "나 글 쓴다" 했더니 "장사가 너무 안돼서 실성했나?" 하면서 조만간 술이나 한 잔 하자고 했다. 그 정도로 내가 글을 쓴다는 건 동이 닿지도 않는 소리였다.

그런 내가 요즘은 손님이 없는 오후 시간이면 의례 손님들이 머물던 테이블에서 조용히 책을 읽고 글을 쓴다. 최근 두 달 동안 읽은 책이 지난 2년 동안 읽은 책보다 많고 글은 초등학생이던 시절 방학 때 매일 그림일기를 그리던 이후 가장 꾸준히 쓰고 있는 것 같다. 어떤 날은 한번에 휘리릭 글이 서너 장씩 나갈 때도 있고 또 어떤 날은 꽉 막혀서 쓰다 말다를 반복할 때가 있다. 이렇게 고갤 처박고 집중하고 있으면 실장님은 수험생을 둔 아버지처럼 TV 리모컨을 슬며시 들어서 볼륨을 최대한 낮추고 주방 이모님은 맘 잡고 공부하는 아들 대하듯 살금살금 발소리를 죽이며 앞을 지나가신다. 그럼 나는 죄송한 마음에 그러지 않으셔도 된다고, 그냥 뭘 좀 적어보는 거라고 말씀드리지만 두 분 다 옛날 분들이다 보니 공부하는 사람 옆에선 시끄럽게 해선 안 된다며 여전히 통화도, 대화도 거의 귓속말 수준으로 하신다. 그런 모습을 보면 죄송스럽기도 하고 슬쩍 웃음도 난다.

이 가게를 시작할 때 장사가 잘 될 줄 알고 거의 3년치 분량의 예약노트를 만들었는데 코로나 때문에 매일 텅텅 비어 있는 예약노트 뒷면을 글로 채워간다. 처음으로 테이블에 앉아 장부 정리가 아닌 내 이야기를 글로 쓸 땐 너무 어색해서 손이 오글거렸다. 하지만 가랑비에 옷 젖는다고, 조금씩이라도 글을 쓰다 보니 이제는 하루라도 쓰지 않으면 뭔가 개운하지 않고 섭섭하기도 하다.

글을 쓴다는 게 뭘까? 당연히 그동안은 글을 쓰지 않아서 잘 몰랐다. 그런데 요즘은 낯선 내 모습을 보는 것만큼이나 낯선 감정들과 마주하곤 한다. 이런 걸 소녀 감성이라고 해야 하나? 중년 남성들은 감정 표현을 잘 안 하는 편인데, 글을 쓰다 보면 나도 모르게 내 안의 감성이란 것이 폭발할 때가 있다. 친구들이 들으면 대체 왜 이렇게 됐냐고 껄껄 웃겠지만 예전 같으면 무심코 스쳐 지나갔던 것들이 조금씩 보이기 시작한다. 이를테면 눈이 많이 내릴 땐 예전 같으면 '길이 많이 막히겠네' '가게 앞에 쌓인 눈을 언제 치우나' 했을 텐데 글을 쓰면서는 앙상한 나뭇가지에 소복이 쌓인 눈꽃송이도 보이고 아무도 밟지 않은 새벽 눈길도 다르게 다가오고 뽀득뽀득 눈 밟히는 소리도 크게 들렸다. 항상 가게에서 틀어놓고 보던 TV 뉴스 대신 잔잔한 라디오 음악을 챙겨 듣게 됐고 습관적으로 마시던 소주 대신 커피를 찾기도 한다. 또 갑자기 좋은 문장이나 기억이 떠오르면 일을 하다 말고 카운터로 달려가 잊기 전에 얼른 메모도 해 둔다. 전에는 J가 밥 먹다 말고 갑자기 방으로 들어가 원고를 쓰고 TV를 보다가도 "저거야, 저거" 하면서 메모하는 걸 이해하지 못했는데 내가 글을 좀 쓰다 보니 찰나의 단상을 놓치지 않는 것이 왜 중요한지를 알 것 같다. 하지만 친구들이 있는 데서 이런 행동을 하면 나를 좀 이상하게 보겠지?

글 쓰는 시간이 늘어날수록 나 자신을 돌아보는 시간이 많아지고 그때마다 좋은 것보다 쓸쓸하고 아픈 기억이 떠오르는 걸 보면 그간 내 삶이 그다지 즐겁지 않았나 보다. 하지만 이제라도 뒤늦게 글쓰기에 흠뻑 빠져서 지금까지 걸어온 길과 다른 길을 걷는 요즘이 다행스럽고 참 좋다. 풋풋했던 소년과 열정 많던 청년이었던 내가 되살아나고 계절이 바뀌는 것을 느끼며 산다는 건 글쓰기가 알려준 행복이다. 이제 막 출발한 낯선 길이지만 글쓰기란 숲을 거닐며 이 길을 아주 천천히 오래오래 걸어갈 생각이다.

진짜 숲으로

'내를 건너서 숲으로' 도서관을 자주 찾았던 이유는 창 밖으로 보이는 진짜 숲 때문이었다. K의 식당이 지하에 있기 때문에 햇빛을 잘 보지 못하는 그녀에게 책과 햇살이 주는 아늑함과 포근함을 전해주고 싶었다. 다행히 그녀는 보조작가라는 직함을 달자마자 삶의 의욕을 보였고 예전 같으면 '내가 무슨…'이라며 손사래 칠 일들도 열린 마음으로 받아들였다. 이번에도 그녀는 '젊은이들 공간에서 늙은이 티를 안 내야지!'라고 다짐했고 그럼에도 자꾸만 두리번거리는 그녀의 모습을 보니 어쩐지 코끝이 시큰해졌다. 한도 없는 VVIP 신용카드를 만들어드린 것도 아닌데 그녀는 도서관 회원카드를 받아들고 아이처럼 한없이 기쁜 표정을 지어 보였다.

'내를 건너서 숲으로 도서관'은 서울 은평구 신사동 비단산과 이어져 있어서 산책로를 따라 숲 체험장을 다녀올 수도 있다. 도서관에서 책을 몇 권 빌리고 그녀와 함께 저벅저벅, 자박자박, 흙 밟히는 소리를 귀에 담으며 진짜 숲으로 걸어 들어갔다. 새소리가 들리고 물소리가 들리고 나무 흔들리는 소리가 들렸다. 그리고 곧 그녀의 명랑해진 웃음소리가 동그랗게 울려 퍼졌다.

"방금, 다람쥐 아냐? 요즘 다람쥐 보기 드문데,
넌 귀엽다!"
"엄마, 다람쥐 얘기가 나와서 말인데,
우리 다람쥐한테 고마워해야 해."
"왜? 귀여워서?"
"아니, 다람쥐는 건망증이 심하거든요.
그래서 도토리를 입에 하나 가득 물고 가는데
나중에 이 도토리를 땅 속 어디에 묻었는지
기억을 잘 못한대요.
덕분에 도토리가 싹을 틔워서 숲을 푸르게 한대요."
"세상에, 건망증이 심해서 좋은 거네?
우와. 엄청 위로된다."

나이 앞에 '7'이란 숫자가 붙으면서 건망증이 심해진
그녀였다. 그래서 일부러 한 얘긴 아니었지만 그녀의 반응을
보니 당신 혼자 건망증 때문에 속앓이를 좀 하셨던 모양이다.
좀더 숲속 깊숙이 들어가다 보니까 이번에는 나무 밑에 흩어
진 단풍나무 씨앗들이 보였다.

　　"씨앗이 신기하게 생겼다. 날개 달린 것 같아."
　　"단풍나무 씨앗이에요.
　　'헬리콥터 씨앗'이라고도 불러요."
　　"헬리콥터 씨앗? 왜 이렇게 생긴 거야?"
　　"엄마 나무가 제 새끼를 지키려고
　　씨앗에 날개를 단 거래요.
　　바로 아래로 똑 떨어지면 햇빛도 못 보고
　　　잘 자라지 못할 테니까
　　바람을 타고 멀리멀리 날아가서
　　양지 바른 곳에 떨어져 무럭무럭 자라라고요."
　　"세상에, 나만큼이나 모성애가 강하네.
　　엄마 나무 대단하다."

　　숲속에서 낙엽을 끌어모으듯 있는 지식, 없는 지식을
가져다가 그녀 앞에 다 풀어놓았다. 삶의 무게를 감당하느라

싹도 틔우지 못한 그녀 안의 도토리에 물을 주고 그녀의 마음을 헤아려줄 수 있는 '엄마 나무'도 소개시켜 주고⋯. 진짜 숲으로 들어간 우리는 그렇게 초록의 옷을 걸쳐 입고 다시 세상 밖으로 나왔다.

100점 인생

"나도 67세를 처음 살아본다. 인생이 처음이라 원래 다 아프고 서툴다."

예전에 '꽃보다 누나'라는 TV 프로그램을 보는데 윤여정 씨가 나와 이런 말을 했다. 윤여정 씨가 나보다 2살 위니까 그 얘기를 들을 때 내 나이는 65세였다. 참고로 K와 J는 내가 마르고 도시 깍쟁이처럼 생겨서인지 윤여정 씨와 참 많이 닮았다고 한다. 그래서 나와 비슷하게 생긴 사람은 어떻게 늙어가나 유심히 보는 편인데 요즘 윤여정 씨가 상도 많이 받고 잘나가는 걸 보면 덩달아 기분이 좋다. 아무튼 이 얘길 하는 이유는 가끔 예전에 윤여정 씨가 했던 그 말, "나도 매 순간 처음 살아보는 인생"이라고 한 말이 생각나서다. 70대를 넘어섰지만

나 역시 처음 살아보는 인생이라 여전히 서툴기만 하다.

70대가 되면서 주위에서 자주 들리는 얘기는 '병원', '요양병원', '치매검사' 같은 거다. 아픈 게 싫어서라기보다는 이 나이가 되면 자식들에게 짐이 되진 않을까 하는 염려가 많아진다. 그래서 미리 갈 만한 요양병원을 알아보는 친구도 있고 나중에 더 나이 들어서 대소변도 못 가릴 때가 되면 고민 말고 자식들에게 꼭 요양병원엘 보내라고 말한 친구들도 있는데 솔직하게 요양병원엘 진심으로 가고 싶어 하는 친구들은 없다. 생각만 해도 외롭고 쓸쓸한 일이고 치매만큼은 절대 걸리고 싶지 않다.

재작년이었나, 주민센터에서 무료 치매 검사를 받아보라는 연락이 왔다. 안 그래도 궁금했던 차여서 당장 검사를 받고 싶었지만 K의 일식집 일을 도와주다 보니 연락을 받고 한참 후에야 치매 검사를 받으러 갔다. 가는 내내 긴장이 됐다. 왜냐하면 요즘 들어 자꾸만 깜박깜박하고 안경을 쓰고 있으면서 안경을 찾고 있고 리모콘을 들고 있으면서 리모콘을 찾고 휴대전화은 허구헌 날 어디 있는지 몰라서 애들이 전화해 보고 내가 봐도 '혹시 치매 조짐을 보이는 건가?' 걱정됐기 때문이다.

드디어 검사를 받는 날. 병원에 주사 맞으러 간 어린 아이처럼 잔뜩 긴장하고 있는데 주민센터 직원처럼 보이는 사람이 들어왔다. '이제 말로만 듣던 치매 검사를 받는구나…' 침을 꿀떡 삼켰다.

"어머니, 지금 여기가 몇 층이죠?"
"1층."

"어머니, 그럼 오늘이 무슨 요일이죠?"
"금요일"

"어머니, 그럼 어머니 연세가 몇이세요?"
"71세."

치매 검사라더니 질문이 너무 쉬워서 기분이 상하려고 하는데 그 다음 질문들은 그래도 좀 나았다.

"어머니, 100 빼기 12는 뭐죠?"
"88."

"어머니, 그럼 100 빼기 35는요?"

"65."

매일 아침 K의 일식집에서 예약인원을 계산하고 음식값을 더하고 빼는 나다. 더하기, 빼기 질문을 가볍게 넘기고 '영 시시하다' 하고 있는데 마지막 남은 질문 하나를 해 보겠다고 한다.

"어머니, 마지막 질문입니다.
어머니가 아는 생선 이름 5가지 이상 말해보세요"
"대구, 광어, 농어, 숭어, 방어, 우럭, 고등어,
삼치, 꽁치, 멸치.. 더해 볼까요?"

숨도 쉬지 않고 아는 생선 이름을 줄줄줄 늘어놓으니 질문하던 직원의 눈이 똥그래진다. 일식집 운영만 20년째 해온 나이다. 매일 우리 가게에 들어온 생선만 해도 열 가지는 더 너끈히 말할 수도 있었다. 아쉬워서 좀더 말하려고 했더니 직원이 그만하셔도 된다면서 치매 검사 결과는 100점이라고 했다. 그리고 선물로 부채를 주길래 쫙 펼쳐서 시원하게 부채질을 하며 나왔다. 집에 와서 J에게 치매 검사 100점을 맞았다고 자랑했더니 손뼉을 치면서 축하해준다. J가 이렇게까지 좋아해주는 데에는 사실 그럴만한 이유가 있었다.

J가 제주에서 지내다 서울로 왔을 때 여기저기 몸이 많이 아팠기 때문에 J는 나를 데리고 한동안 병원 순례를 다녔다. 용하다는 정형외과를 갔다가 류마티스 내과를 가고 소화기 내과, 치과를 다니느라 정신이 없을 때, 병원엘 다니는 것조차 힘들었던 나는 집에만 있으면 여기저기가 쑤셔서 꼼짝도 않고 누워 있었다. 그런 나를 보면서 J는 자꾸 그렇게 누워만 있으면 안 된다면서 억지로 나를 끌고 꽃시장엘 데리고 갔다. 예쁘게 핀 꽃을 구경하고 났더니 기분이 좋아졌지만 또 기운이 쭉 빠졌다. J는 맛있는 음식을 사 주려고 했지만 브레이크 타임이라 문 닫은 식당이 많아서 우린 간단히 끼니를 때울 수 있는 김밥집엘 들어갔다. 평소 음식에 관심이 많던 나는 김밥 재료를 유심히 쳐다보다가 '속이 참 알차다' 싶어서 김밥 하나를 입안에 넣고 어떤 재료가 들었는지를 알아보기 위해서 혀끝으로 재료를 하나하나 굴려봤다. '하나, 둘, 셋, 넷…' 혀의 촉감으로 시금치, 우엉, 햄 같은 김밥 재료를 세면서 웅얼거리고 있을 때, 갑자기 앞에서 김밥을 먹던 J가 눈물을 글썽이면서 "엄마! 엄마! 왜 그래!" 하면서 나를 왈칵 끌어안았다. 어안이 벙벙해진 난 너무 놀라서 "왜 그래? 무슨 일이야?"하며 J를 쳐다봤고 내가 멀쩡하게 말을 하자 그제야 J는 주위에 사람들이 있건 말건 신경도 쓰지 않고 거의 통곡을 하듯 엉엉 울었다. 나중에 진정한 J에게 왜 그랬냐고 물어보니까 나는 그냥

김밥 속에 재료가 몇 가지나 들어갔나 싶어서 혀끝으로 세면서 중얼거렸던 건데 그게 J가 보기에는 갑자기 찾아온 치매 증상처럼 보였다고 한다. 갑작스럽게 남편을, 아빠를 떠나보낸 우리집은 서로가 걱정할까 싶어서 애써 밝게 지내고 있었지만 알게 모르게 남은 가족에 대한 염려와 홀로 남겨지는 것에 대한 두려움을 갖고 있었던 것 같다.

J는 그날 이후로 어쩌다 김밥을 먹을 때면 내게 신신당부를 한다. 김밥 재료가 몇 개인지 세고 싶으면 굳이 어렵게 입안에서 세지 말고 눈으로 보고 손끝으로 세어 보라고 말이다.

초밥 인생

고 실장님은 우리 가게에서 10년이 훌쩍 넘는 세월을 함께 하셨다. 처음 뵀을 땐 환갑이셨는데 작년에 칠순 잔치를 가게에서 해 드렸으니 시간이 참 빠르게 흐른 것 같다. 그동안 수많은 주방장이 거쳐 가서인지 부모님은 칼자루를 쥐는 것만 봐도 경력을 알아 맞히셨는데 실장님은 면접 때부터 범상치가 않으셨다고 한다. 일식업에서 50여 년을 일해 왔고 아직은 건강하다고 자신 있게 말하는 모습에 거짓은 없어 보였지만 빠른 말투에 말을 조금 더듬어서 처음엔 무슨 이야기를 하는지 통 알아들을 수가 없으셨다고 한다. 보통 면접자리에선 월급을 조율하지만 실장님은 '늙은이 담배값만 있으면 된다'면서 알아서 달라고 하셨고 당신은 체구는 작아도 밥은 많이 먹는다며 양해를 구하셨다. (*나중에 안 사실이지만 정말 밥을 많이 드셨다.

요즘은 양이 좀 줄어든 편이지만 당시에는 끼니마다 세 공기씩 드셨다.) 그렇게 실장님과의 인연이 시작되었다. 역시, 그분은 알면 알수록 평범하지 않았다.

실장님은 다른 직원들보다 2시간 정도 더 일찍 가게에 나오셨다. 당신 할 일과 다른 사람들 몫까지 다 하시곤 비닐봉지와 집게를 들고 동네 골목을 청소하셨는데 그래서 동네에선 실장님을 보물 같은 분이라고 했다. 아버지는 그런 실장님과 직원 사이가 아닌 형, 동생처럼 지내셨고 종종 나도 두 분과 함께 술자리를 갖곤 했다. 기분 좋게 한 잔을 하신 날이면 실장님은 한번씩 당신이 살아온 이야기를 들려 주셨는데 드라마에서나 본 고생담을 담담히 풀어놓으실 때면 가슴이 먹먹해지면서 나도 모르게 눈물이 났다.

실장님은 1951년생이시다. 나와는 두 바퀴를 도는 띠동갑이다. 책에서나 봤던 김신조가 북에서 넘어온 1968년에 실장님은 예천 깡촌에서 17살 나이에 청량리행 기차표를 끊고 서울로 왔다고 했다. 시골집이 너무 춥고 먹을 게 없어서 대식구 입을 하나라도 줄여보겠다는 각오로 무작정 서울행 기차를 탔던 거라고. 십대 소년이 아는 사람 하나 없는 낯선 서울에 무슨 용기로 왔을까. 아무튼 실장님은 그렇게 몸을 실은 서울행 기차에서 옆 좌석에 앉은 낯선 아저씨에게 명함 한 장을 받았고 그 명함 속에 있던 식당이 실장님의 첫 직장이 되었다. 지금은 없어졌지만 현재 경향신문 건물 앞에 있는 일식집이었다고 한다. 상상도 못할 일이지만 68년도의 서울은 지게꾼이 물건을 나르고 연탄불로 주방에서 탕을 끓이고 생선을 자전거에 실고 다녔다고 한다. 당시 일식집들은 고급식당이어서 아무나 출입하지 못했고 대개 돈이 많거나 지위가 높은 분들이 주 고객이었다고 한다. 일식집 직원들은 가게에서 숙식을 해결을 하는 경우가 많았는데 쉬는 날도 따로 없었고 영업이 끝나면 자는 곳도 가게였다. 그렇게 당시 국민학교만 졸업한 아이는 온갖 궂은일과 윗사람들의 야단을 견디며 실전 요리를 익혔을 것이다. 이런 고생을 해서인지 실장님은 생선의 내장부터 알, 대가리까지 버리는 것이 거의 없다. 보통 다른 주방장들은 내장이나 머리는 버리는데 실장님은 머리는 깨끗하게 손질해서 구이나 조림으로 쓰고 알은 젓갈이나 어란으로 만든다. 그렇게 어린 시절 10년이 넘도록 첫 식당에서 일을 하셨고 그곳에서 번 돈으로 서울에 번듯한 집도 사고 결혼도 하셨다. 아마 지금도 실장님이 변함없이 부지런하신 건 어렸을 적 살아남기 위해 몸으로 터득한 성실함이 몸에 배어 있어서일 것이다.

너무 어렸을 때부터 공부를 하는 대신 일을 해서인지

실장님은 궁금한 게 참 많은 분이다. 뉴스를 보거나 길을 가다가도 모르는 단어가 나오면 항상 물으신다. 그는 알파벳을 모른다. 한글만 배우고 서울에 올라와서 일을 했으니 너무도 당연한 일이다. 하지만 그는 그것을 부끄럽게 생각하지 않는다고 했다. 먹고 살기 위해 배우지 못한 것이지 인생을 허투루 살지 않았기 때문이다. 하루는 가게 앞에 테이크아웃 카페가 문을 열었는데 실장님이 무얼 보고 오셨는지 난데없이 '팬티 커피가 뭐냐?'고 물으셨다. 이렇게 황당한 질문이 처음 있는 일은 아니어서 '또 무언가를 잘못 보셨나 보다' 싶어 함께 그 카페로 가 봤다. 그리고 그곳에 적혀 있던 문구는 '팬티 커피'가 아닌 '벤티 커피'였다. 커피 용량을 구분할 때 사용하는 용어인데 그것을 잘못 보신 거였다. 그런가 하면 또 한번은 이런 일이 있었다. 가게 근처에 새로운 아파트가 들어서 분양 홍보를 하고 있을 때였다. 실장님은 또 갑자기 '펠리스에 비누'가 뭐냐고 물으셨다. '비누 이름인가? 건물이 새로 들어서서 사은품으로 비누를 준다는 건가?' 이번에도 또다시 같이 그 장소로 가 봤다. 그랬더니 그곳엔 영문으로 'Palace Avenue' 국문으론 '펠리스 에비뉴'라고 적혀 있었다. 상가 분양 광고에 적힌 단어를 실장님이 잘못 보신 거였다. 늘 배움에 대한 호기심이 많은 실장님의 답답함을 덜어드리고 싶어서 어린이 영어책을 한 권 사서 알파벳부터 알려드렸다. 처음엔 귀찮다고 하시더니 조금씩 영어를 읽고 쓰기를 수개월. 지금 실장님은 간단한 영문을 어느 정도 읽을 줄 아신다. 그렇게 실장님은 내게 요리를 가르쳐 주셨고 나는 그분께 초급영어를 알려 드렸다.

실장님은 지금껏 내가 만난 사람들 중에 가장 검소하다. 그는 자기를 위해 돈을 쓰지 않는다. 입는 것, 먹는 것을 포함해서 돈을 허투루 쓰는 것을 본 적이 없다. 가게에서 신는 슬리퍼가 터지면 굵은 바늘로 꿰매어 신고 겉옷은 계절별로 점퍼 하나씩밖에 없다. 자식들이 생신이나 명절 때 좋은 옷을 사 드려도 아깝다며 당신이 입던 옷만 입으시니 자식들도 이제는 잘 안 사드리는 것 같다. 한번은 내가 겨울 신발이 추워 보여서 방한화를 하나 사 드렸는데 아까워서 3년이 지난 지금에서야 신고 다니실 정도니까.

그렇게 긴 시간을 함께 보낸 실장님이 이제는 아버지 같기도, 친구 같기도 그러다가 다시 주방장 같기도 하다. 한번씩 예나 지금이나 변함없이 일만 하시는 실장님을 보면 '이제 은퇴해서 있는 돈으로 편하게 여행도 다니면서 즐겁게 사시라'고 말씀드리지만 당신은 평생 일을 해서 노는 게 더 불편하다고. 놀러 다니면 오히려 바쁘게 일하고 싶고 사람들과 농담하면서 일하는 일상이 더 행복하다고 하신다. 그러면서 너무 일을 많이 해서 지문이 닳아 없어진 무뎌진 손으로 언제나처럼 묵묵히 주방 한 켠에서 초밥을 지으신다. 그런 실장님의 삶을 보면서 초밥을 짓듯 삶을 지어가는 것, 그 부지런한 삶에 대한 경외심을 갖게 된다.

10년이란 시간동안 힘든 식당업을 하는 내 옆에서 자신의 자리를 지키며 변함없이 삶을 지어가는 것이 무언지를 알려준 고 실장님은 나의 가장 큰 인생 스승이시다.

지의류 인생

회사에서 깨질 때면 혼자 속으로 '나는 바가지다'라고 생각한다. 삶을 퍼올리기 위한 바가지이기도 하고 언제 깨져도 하등 이상할 게 없는 바가지. 그날도 뭣 때문인지 기분이 상한 L피디는 속사포처럼 자존감을 무너뜨리는 말을 나에게 내뱉고 나는 그 말을 무뎌진 바가지에 꾸역꾸역 담아 넣었다. 이런 내 모습을 본 친한 작가는 버텼으니 이긴 거라고 했다. 프리랜서의 세계란 그런 거라고 했다.

중산층에도 들지 못한 서울살이는 언제나 표면이 거친 콘크리트 같았다. 거칠거칠한 표면에 살갗이 닿으면 금방이라도 피가 날 것 같았지만 그래도 입꼬리엔 항상 낚싯줄을 걸고 웃어야 했다. 사람들은 그걸 '사회생활'이라고 불렀다. 거실에 걸려있는 가족 앨범에서 아버지가 사라졌다. 아버지가 둑처럼 온몸으로 빚쟁이들의 파도를 막고 있었다는 걸 그가 떠난 다음에야 알았다. 함께 일구던 가게 앞 작은 화단의 꽃들은 그날부터 시들어 버렸고 늘 그의 손을 잡고 버스를 타던 그녀는 한순간에 주름진 노파가 되었다. 그리고 가게를 물려받은 K는 풍전등화 속 자영업자의 일원이 되었다. 이 모든 환경들이 "비루한 삶", "사나운 팔자"라고 말할 때 가만히 다가온 단어가 '지의류(地衣類)'다.

느티나무, 단풍나무, 은행나무, 소나무처럼 이름만 들어도 알 만한 나무들이 숲속의 대기업이라면 지의류는 초록 세계에서 명함도 못 내미는 아주 작고 낯선 생물이다. 하지만 지의류는 생각보다 곳곳에 널리 퍼져서 지금 이 순간에도 악착같이 살고 있는 대단한 녀석이기도 하다. 바위나 나무 위에 이끼처럼 희끗희끗 혹은 옅은 녹색으로 찰싹 달라 붙어 있는 것들인데 생명력이 얼마나 강한지 열대지방부터 극지 또는 국제우주정거장에 보냈을 때도 생존율이 가장 높은 생물이 지의류였단 얘길 들었다.

지의류를 처음 만난 건 2018년 제주의 환상숲 곶자왈에서였다. 아버지를 떠나보내고 아무렇지 않은 척 입꼬리를 올리며 살아갈 자신이 없어서 남은 가족을 서울에 남겨둔 채 현실적으로 서울에서 가장 멀리 떠날 수 있는 제주도로 떠났다. 제주로 떠날 때, 방송국에서 상록수 같은 분과 대한민국 수험생들의 공무원 시험 합격을 바라던 분께 뜻밖의 선물을 받았다. 상록수 님은 내게 당신이 메던 연두색 등산용 배낭을 주시면서 '이 배낭을 메고 돌아다닐 때 당신도 여러 위로의 순간을 만났다'면서 내게도 그런 시간을 가지라고 당부하셨다. 그리고 그 배낭 안에는 제주에 머물면서 요긴하게 썼으면 좋겠다는 메시지와 함께 두 분이 몰래 넣어둔 거금이 들어 있었다. 돈뭉치를 앞에 놓고 한참동안 고민했다. 그리곤 '감사합니다'라는 짧은 문자를 겨우 보내고 사랑에 빚진 자가 되어 평생 머물던 서울을 떠나 제주로 향했다.

제주에서 탁송으로 먼저 도착한 작은 경차를 몰고 황망하게 돌아다니다 차를 멈춰 세운 곳이 환상숲 곶자왈이다. 무얼 알고 찾아간 것도 아니었는데 그 숲의 다른 이름은 '아버지의 숲'이라 했다. 아버지가 맨손으로 일군 숲을 딸이 들어와 숲해설을 하게 되었고 사연 있어 보이는 숲과 부녀의 이야기를 듣기 위해 당시만 해도 아름아름 사람들이 찾아가던 곳. 그곳에서 낯선 사람들과 숲 해설을 들었다. 숲이 궁금해서가 아니라 내 안의 말들이 너무 많아 다른 소리에 묻히게 하고 싶어서.

"여기 바위에 이끼처럼 다닥다닥 붙어있는 거 보이죠?

지의류라는 거예요.

돌이나 나무에 붙어사는데 얼마나 생명력이 질긴지

지구의 거의 모든 지역에서 살고 있다고 보시면 돼요.

춥고 덥고 건조한 어떤 환경이라도 스스로를

반건조 상태로 만들면서까지

생명을 유지하는 '버티기 전략'으로 산답니다.

지구가 멸망한다 해도 끝까지 살아남는 생물이 있다면

그건 아마 지의류일 거예요."

참 독하다 싶었다. 한편으론 나를 보는 것도 같았다. 얼마나 독하면 예전처럼 배고프면 밥을 먹고 졸리면 잠을 자고 어떻게든 살아보겠다고 외로운 이들을 버리고 떠나온 것인지. 돌이켜 보면 우리 가족은 IMF 시절 집이 무너진 이후부터 지금까지 죽기살기로 살아온 '버티기의 달인들'이다. 하지만 4인용 식탁의 의자 하나가 거짓말처럼 사라진 후부턴 속절없이 와르르 무너지고 말았다. 지의류 이야기를 듣다가 다리의 힘이 풀릴 즈음, 환상숲 곶자왈의 그녀는 상처투성이의 나무 앞으로 우릴 데려갔다.

"이 나무엔 무언가 휘감고 올라간 자국 같은 게

남아 있죠. 칡나무예요.

아마 휘감고 올라갔던 건 등나무일 겁니다.

칡나무의 줄기는 시계 반대방향으로,

등나무의 줄기는 시계방향으로 감고 올라가는,

서로 다른 성질을 가지고 있어서

두 나무는 늘 엎치락뒤치락 하죠.

그래서 갈등葛藤이란 단어도

칡 '갈葛'자와 등나무 '등藤'자를 써서

만들어진 말이랍니다.

여기선 칡나무가 이겼나 보네요."

그녀는 햇빛을 먼저 차지하려던 녀석들 중 위쪽을 차지
한 녀석이 살아남고 그렇지 못한 녀석은 고사해 버린다고 했다.
설명을 들은 사람들은 말라 죽어버린 등나무 편에 서서 안쓰
러운 마음을 감추지 못했다. 그러자 이미 예상한 반응이었다
는 듯 그녀는 다음 말을 이어갔다.

"칡나무 밑의 흙을 한번 만져보세요.

아기 살결처럼 보드랍죠?

흙이 이렇게 보드라운 건 나무가 썩어 흙이 된 지 얼마
안 됐단 뜻이에요.

이 흙은 아마 몇 달 전까지만 해도 등나무였을 겁니다.
죽어서 보드라운 흙이 된 덕분에 여린 씨앗이 떨어지면
뿌리를 내리고 또다른 생명을 틔울 수가 있죠.
그래서 숲에서의 죽음은
마냥 슬퍼할 일만은 아니랍니다.”

그날, 사람들이 모두 떠난 그 자리에서 한참을 혼자 서 있었다. 손끝에 만져지는 보드라운 흙 한 줌이 그인 것만 같아 차마 놓을 수가 없었다. 그렇게 제주에서 시계 방향과 시계 반대 방향을 감아 올라가며 1년 가까이 마음속 태풍을 흘려보내다가 그녀의 “나 아프다”는 한 마디를 듣고 서둘러 서울로 올라왔다. 그녀는 이를 악물며 딸의 방황이 끝나기를 기다리다가 앙상한 나무처럼 몸도, 마음도, 많이 말라 있었다.

지금 나는 다시 돌아온 콘크리트 삶에 어떻게든 뿌리를 내리려고 악착을 떨고 있다. 그러다 숨이 가쁠 때면 도심의 숲 속에서 보드라운 흙을 찾아 헤맨다. 지의류도, 나도, 여전히 살아내려고 안간힘을 다해 버티는 중이다.

흰 머리 휘날리며 포스를 찍는다

대부분의 식당에는 포스(P.O.S. = point-of-sale) 단말기가 있다. 주문이 들어오면 주문 내역을 입력하고 손님이 나갈 땐 신용카드나 체크카드로 결제하는 기계다. 처음 포스 기계를 접할 땐 겁부터 덜컥 났다. 터치를 한번 잘못하면 주방에 주문이 잘못 들어가고 그렇게 되면 손님이 주문한 음식이 아닌 다른 음식이 나오기 때문에 일이 커져서다. 무엇보다 나는 기계가 무섭다. 내 손보다 더 빨리 움직이는 스마트폰도 불편하고 SNS, QR코드 이런 건 아직도 무슨 말인지 잘 모르겠다.

5년 전 가게 운영에서 손을 떼겠다고 선언했지만 단골 손님들이 서운해하기도 하고 또 무엇보다 가게 운영이 어려울 때마다 부족한 일손을 대신 하다 보니 은퇴를 하고 나서도 여전히 하루 4~5시간 정도 가장 바쁜 시간에 나가서 K를 도와준다. 식당하는 사람들에게 점심시간은 한바탕 전쟁을 치르는 시간. 짧은 시간에 한꺼번에 몰려든 손님들의 주문을 감당해야 하기 때문에 음식이 빨리빨리 나오지 못할 때면 K는 주방으로 내려가 일을 하고 나는 카운터를 지킨다.

"생대구탕 1개, 알탕 1개, 회덮밥 1개, 초밥 2개요!"
"알밥세트 2개, 우동 1개, 해물뚝배기 1개요!"
"생대구탕 3개요, 1개는 안 맵게 지리로 해 주시고요!"

쉴 새 없이 밀려드는 주문에 정신이 혼미해지고 입이 바짝 마르고 손은 달달, 다리는 후들후들 떨린다. '이를 악물고 한다'더니 실수할까 봐 얼마나 이를 악물었는지 턱이 다 얼얼하다. 가끔은 카운터를 보다가 음식이 손님을 찾아가지 못해 우왕좌왕할 때면 뚝배기를 들고 손님들에게 달려가기도 한다. 참고로 나는 작고 마르고 몇 년 전부터는 아예 염색을 하지 않아서 머리가 하얀 백발이다. 그런 내가 흰 머리를 휘날리며 뚝배기를 들고 가면 테이블에 앉아 있던 아들뻘, 아니 손주뻘 되는 손님들이 깜짝 놀라며 자리에서 벌떡 일어선다.

"어머니, 그냥 거기 두세요. 저희가 옮길게요."

"아니, 이게 많이 뜨거운데…"

"그러니까요, 그냥 두세요, 어머니…

야, 대구탕 시킨 사람 누구야? 알탕은 누구야?

얼른 가져가."

예전에는 이런 상황이면 얼굴이 벌겋게 달아올랐을 텐데 요즘은 속으로 '아구 젊은이, 복 많이 받게나'하고 손님들의 복을 빌면서 가만히 서 있다. 한바탕 음식이 나가고 나면 그때부턴 여유가 있지만 이 여유도 잠시. 손님들이 또 한꺼번에 빠져나갈 때면 '카운터 지킴이'인 내 머릿속엔 "삐요- 삐요-" 정신을 바짝 차리라는 경고음이 들린다. 전표가 뒤섞이고 계산을 잘못하면 안 되기 때문이다.

하지만 이렇게 전투태세를 갖추고 있더라도 와르르 무너질 때가 있으니 그건 바로 손님들이 '분할 계산', '카드 취소'와 같은 요구를 해 올 때다. 계산을 하려는 손님들은 앞에 쭉 서 있고 카드를 든 채 어쩔 줄 몰라서 쩔쩔맬 때면 머리카락만 하얀 게 아니라 머릿속까지 온통 하얘진다. 이러지도 저러지도 못하고 난감해 할 때, 흰 머리카락 사이로 송글송글 맺힌 땀방울을 손님들도 본 걸까? 가끔 자식 같은 손님들이 팔을 걷고 나선다.

"어머니, 저희가 할게요. 한번 줘 보세요."

정 대리 알탕 먹었지? 13,000원 내고...

박 대리는 회덮밥 먹었지? 20,000원...

일단 이렇게 계산하고 초밥은 다같이 먹었으니까

이건 우리가 따로...

자, 어머니, 다 됐습니다. 저희가 영수증 빼갈게요.

어머니도 전표 잘 챙기시고요."

"어어… 고마우이, 젊은이~."

　　마치 자기 가게처럼 알아서 포스를 찍고 '잘 먹었습니다'라고 인사하고 나가는 손님들에게 나도 모르게 노인 버전으로 배웅을 한다. 오늘도 자식 같이 살갑고 고마운 손님들 덕분에 카운터는 이상 무無! 나는 오늘도 흰 머리 휘날리며 포스를 찍는다.

서대문에 연예인이 산다

"강수연, 이순신, 이승엽, 손석희…" 예약 명부에 이름만 들어도 알만한 이름 석 자가 적혀진다. 대부분 동명이인이거나 가명으로 예약을 잡아놓는 경우다. 점심시간 카운터를 보는 그녀는 그날의 예약 명부를 훑어보며 "오늘은 유명인이 많네." 하면서 웃는다. 그리고 손님들이 오면 능숙하게 자리를 안내한다.

하루는 키가 큰 한 남자 손님이 마스크를 쓰고 들어왔다. 언제나처럼 그녀는 예약자 이름을 듣고 예약 명부를 확인했다. "홍명보, 홍명보, 어, 여기 있네" 하면서 고갤 드는 순간, 마스크를 쓰고 있던 손님은 웃으면서 "네, 진짜 홍명보 맞습니다" 하며 인사를 했다. 이렇게 유명인을 손님으로 만날 때면 그날은 종일 재미있는 에피소드로 회자되곤 하는데… 사실 우리 동네에서 진짜 연예인은 따로 있었으니 바로 흰 머리를 휘날리며 포스를 찍는 그녀다.

한 동네에서 20년째 식당을 하다 보니 알아보는 사람들이 많다. 칠순을 넘으면서 여기저기 아픈 곳이 많아진 그녀는 가게 바로 옆에 있는 종합병원엘 자주 들르는데 모시고 다니다 보면 복도에서 흰 가운을 입은 의사, 간호사들이 "사장님, 여긴 어쩐 일이세요?" 하면서 먼저 아는 척을 한다. 그중엔 수련의 시절부터 전공의가 될 때까지 그녀의 김치를 얻어다가 병원에서 라면과 함께 먹은 이도 있을 것이고 혼자 밥 먹으러 왔다가 메뉴에도 없는 그녀의 된장찌개에 밥을 비벼 먹고 간 이들도 있을 거다. 거의 모든 과의 의료진들이 그녀의 손맛을 봐서일까… 그녀가 진료를 받으러 가면 VIP 환자보다 더 극진히 돌봐드리고 검사를 받거나 다른 과로 이동할 때도 세심하게 안내해 드린다. 이런 그녀를 보면 '연예인의 대우가 이렇지 않을까' 싶다.

아담한 체구의 그녀는 한복이 무척 잘 어울린다. 그래서 평소에도 개량 한복을 즐겨 입는 편인데 경복궁도, 창덕궁도 아닌 서대문역 부근에서 흰 머리에, 한복을 입고 다니는 사람이 많지 않다 보니 내가 봐도 그녀는 어딜 가든 눈에 띄는 편이다. 게다가 한복이 워낙 잘 어울려서 종종 처음 보는 사람들도 그녀에게 "저, 실례지만, 이 한복 어디에서 사셨어요?"라고 물을 정도니까. 한때 그녀는 진지하게 "시니어 모델이 되어볼까~"하고 나에게 물었던 적도 있다. 어쩌다 가게에 외국인 손님이 식사하러 올 때도 그녀가 진짜 연예인처럼 보여서인지 함께 사진을 찍자는 요청이 들어오는데 그럼 그녀는 역시 흰 머리를 슬쩍 뒤로 넘기면서 못 이기는 척 "치이-즈" 하면서 포즈를 취한다.

비록 까만 머리에 주름 하나 없던 예전의 모습은 세월 속에 가려졌지만 하얗게 샌 머리카락을 슬퍼하기보단 당당하게 받아들이며 살아가는 그녀는 진정한 내 마음의 연예인이다.

식당집 딸은 상비군이다

고등학교 시절까지는 집안 사정이 꽤 괜찮았던 것 같다. 그땐 집에 돈이 꽤 있었던지 수시로 은행 아저씨들이 꽃바구니를 들고 집을 들락날락하셨던 기억도 난다. '주식', '투자'라는 말을 알 수 없는 나이였지만 적극적으로 상체를 내민 채 설명을 하는 아저씨들과 묵묵히 듣고 계시던 아버지의 모습에서 알 수 없는 불안감을 느꼈던 것도 같다.

'왕년에 잘 살아보지 않은 사람이 어디 있느냐'는 말을 동료들과 나누며 오전 일을 마치고 점심시간이 가까워질 때면 가끔 좌불안석이다. 직장인들에겐 기다려지는 점심시간이지만 식당집 딸에게는 그 시간 식당 안의 온갖 상황들이 머릿속에 그려져서다. 식당집에는 참 별별 일들이 많다. 아침에 혈압

이 떨어진 주방 과장님이 못 나오시거나 술 마시고 뻗어서 연락 두절이 된 아르바이트생까지… 보통은 당일 아침 연락이 오기 때문에 이런 날이면 온 가족이 하루를 시작하기도 전에 대책회의를 하게 된다.

　　그날은 설상가상 주방과 홀팀의 두 명이 갑자기 못 나오게 된 날이었다. K의 식당 주변에 몇몇 관공서가 있는 덕분에 점심시간은 짧고 굵게 손님들로 꽉 찰 때가 있다. 그래서 이런 날이면 출근을 해도 마음이 편치 않다. 방송국에 출근해서 아이디어 회의를 하고 노트북 자판을 두들기지만 점심시간이 가까워질수록 자꾸만 마음이 초조해진다. '내 인생은 아니니까.', '누구나 니 일, 내 일이 따로 있기 마련이니까.' 아무리 모질게 마음 먹어도 생겨 먹길 야멸차게 모지지 못해서 결국 그날도 점심밥을 포기한 채 가게 점심 장사를 돕기 위해 서둘러 택시를 탔다. 이미 식당 안은 손님들로 꽉 차 있고 팥죽 같은 식은땀을 흘리는 그녀와 K의 얼굴이 보였다.

　　낮 12시 30분. 밥이 떨어졌다. 양말이 훤히 보이는 앞이 뚫린 사선 슬리퍼를 신고. 스테인레스 쟁반에 빈 밥주발을 올리고 냅다 달린다. 황태 해장국집–백반집–시골밥상집, 쪼르르 모여 있는 이웃 식당으로 쟁반을 들고 사정을 한 결과 밥을

12공기나 빌렸지만 진짜 문제는 다시 우리 식당으로 돌아가는 길. 조금 과장해서 밥 12공기를 삶의 무게에 비유할 수 있을까? 쟁반은 납덩이처럼 무거웠고 스테인레스 쟁반에, 스테인레스 밥주발은 깔 맞춤이었지만 한낮의 햇살을 받은 은빛 소재가 더 번쩍번쩍 광이 났다. 눈치 없는 밥주발들은 사정없이 쟁반 위를 튀어 오르며 '달그닥'도, '덜커덩'도 아닌 묵직한 저음의 잘 울려 퍼지는 소리를 냈다. 요란스럽게 지나가는 나를 양복쟁이들이 한낮의 구경거리인 듯 쳐다봤다.

낮 12시 50분. 밀물처럼 쏟아져 들어왔던 손님들은 썰물처럼 시원하게 이를 쑤시며 빠져나갔다. 한바탕 전쟁이라도 치른 것처럼 온몸이 땀 범벅이 된 우리는 냉장고에서 식도까지 가득 찬 열기를 식혀줄 박카스를 한 병씩 꺼내서 단숨에 마셨다. 이것이 오늘 나의 점심. 1시 30분까지만 회사에 도착하면 되니까 갈 땐 버스를 타는 편이다. 한 술이라도 뜨고 가라는, 이렇게 가면 마음이 편하겠냐는 그녀의 마음을 뒤로 한 채 식당을 나온다. 밥을 먹지 않아도 이미 밥을 12공기나 먹은 것 같다. 생대구탕도 먹고 알탕도 먹고 초밥도 먹고 시금치 반찬도 먹고 김치도 먹고… 온몸에서 나는 음식 냄새를 맡으면 참 골고루도 먹었다. 생각보다 일찍 회사 앞 버스 정류장에 내리니 그제야 다리에 힘이 풀렸다. 밥주발들의 무게가 곱씹어지는 순간. 귀에서 '달가닥', '덜커덩' 소리가 쟁쟁하게 들리는 걸 보면 그날 하루의 무게는 아마도 평소보다 몇 배는 더 나간 듯도 싶다. 가끔 정신없이 회사로 돌아올 때면 K의 식당에서 묻힌 밥풀이랑 같이 올 때가 있는데 밥풀이 앞에 붙어있으면 그나마 다행이지만 뒤에 누룽지처럼 착 눌러 붙어있는 밥풀을 나중에 집에서 발견하면 '허허허'하고 헛웃음이 난다.

낮 1시 25분. 예상보다 일찍 도착했으니 회사로 들어가기 전 바로 앞에 있는 올리브영엘 들렀다. 시향용 향수를 칙- 한번 몸에 뿌려서 음식 냄새를 가리고 엘리베이터를 탔다. 테이크아웃 커피를 들고 앞에 선 한 여자에게서 좋은 향기가 난다. 확실히 음식 냄새가 섞인 정체불명의 향수와는 많이 다른 냄새. 그 냄새를 맡으며 그럴 일은 없겠지만 만약 다시 태어나면 식당과 전혀 상관없는 집에서 태어나고 싶다는 생각도 잠시 해 봤다.

낮 1시 30분. 정신을 차리고 일을 시작하려고 자판기 커피 한 잔을 뽑고 있는데 친한 작가가 다가와 물었다.

"점심 맛있게 먹었어?"
"응."

"뭐 먹었는데?"

"대구탕, 알탕, 초밥, 시금치 나물…"

"많이도 먹었다."

"응, 너무 배불러서 눈물이 다 난다."

비행기와 리어카는 있어도
버스는 없었다

탄맥이 잡히면 남편은 바빠졌다. '광산'이란 것은 땅속을 굴처럼 파고 들어가다가 탄맥이 잡히면 곧 석탄이 나오는 거였다. 석탄으로 불을 때던 당시엔 석탄 산업의 호황기였기 때문에 탄맥은 곧 돈줄이었고, 석탄은 로또에 당첨되는 것과 마찬가지였다. 그래서 당시 사람들은 탄을 캐내면 카페트가 깔리듯 돈이 발 아래 깔린다고도 했다. 요즘은 역사책에나 나올 법한 이야기지만 탄광을 취급하는 중소기업을 운영하면서 남편은 정말 돈을 많이 벌었다. 아직도 생각나는 건 매월 인부들에게 노임을 줄 때면 자주색 큰 자루에 현금을 가득 싣고 현장으로 가던 모습이다.

탄광은 대개 강원도 산골에 있어서 처음엔 남편 혼자만

산골에 가서 지내고 나와 아이들은 서울 시댁에 머물렀다. 시부모님과 아이 둘이랑 살아도 충분히 행복했다. 맛있는 음식을 만들어서 시부모님 진지를 차려드리고 아이들 간식을 만들어 먹이고 저녁이면 놀이터에서 놀다 온 K와 J를 깨끗이 씻겨서 재우는 이런 일상이 행복이라면 행복이었다. 남편은 서울에 올 적마다 당시로서는 큰 돈인 현금 300만원을 생활비로 쓰라며 줬는데 나는 그 돈이 무서웠다. 너무 많아서. 어쨌든 그때부터 우리는 쭉 고공행진을 했다. 집도 사고 외제차도 굴리고 아이들은 부자들만 보내던 유치원엘 보냈다. 생일이면 워커힐 디너쇼에 가서 스테이크를 먹으며 공연을 봤다. 독학으로 피아노를 공부한 시어머니는 화장실에 갈 때 휴지 세 칸 이상을 안 쓸 정도로 알뜰한 분이셨는데 아들이 돈을 벌자 전자오르간을 갖고 싶다고 하셨다. 모두가 부러워하는 삶, 비행기를 타지 않아도 비행기를 탄 기분, 그때 내가 느낀 기분은 딱 그랬다.

하지만 오르막길이 있으면 내리막길도 있기 마련이다. 어느 날부턴가 광산에서 '탄줄이 막혔다'는 얘기가 들려왔다. 가정주부로 살림만 하면서 지냈기 때문에 무슨 얘기인지 몰랐지만 어쩐지 불안한 예감이 들었다. 탄줄이 막히면 또 다른 탄맥을 찾기 위해서 땅속을 이리저리 파야 하는데 그러기 위해선 돈이 필요하다고 했다. 돈이 모아지면 탄맥을 찾기 위해 뛰어들고 그래도 탄맥이 안 잡히면 다른 탄맥을 찾기 위해 또 돈이 들어가고… 그렇게 있는 돈, 없는 돈을 다 끌어모아서 쏟아붓다 보니 어느새 우리집은 광산이 아닌 빚더미에 올라앉아 있었다.

그때부터 고생길이 시작됐다. 아는 언니가 옷 매장을 운영하고 있었는데 철 지난 상품을 주면서 한번 요령껏 팔아보라고 했다. 전업주부인 나는 장사의 '장'자도 몰랐지만 당장 시부모님과 아이들 입에 풀칠을 할 수 없으니 장충단 공원 야외 바자회장에 무작정 박스를 깔고 앉았다. 그때 박스에 앉아 올려다본 하늘이 얼마나 높아 보이던지…. 그래도 참 다행인 건 장사 요령이 없었음에도 옷을 가지고 나가면 다 팔아서 근근이 먹고 살 수는 있었다는 거였다. 주위에서 소개하는 이런저런 일들을 하면서 남편이 어서 다시 자리를 찾기를 기다리고 있을 때, 지인의 소개로 남편은 탄광업계로 복직을 하게 됐고 그때부턴 비교적 안정적인 생활을 되찾을 수 있었다. 남편은 열심히 돈을 벌었고 집밖 세상이 어떤 곳인지 알게 된 나도 열심히 돈을 모았다. 아이들 대학 입학금도, 노후 대책도 미리미리 마련하면서 분당에 60평이 넘는 아파트도 마련했다. 이렇게 또다시 비행기를 타며 '이제는 걱정 없이 살겠구나'라고 안심할 즈음, 다시 돈을 손에 쥐게 되자 주위에 사람들이 하나둘 모여

들기 시작했다. 증권 투자를 권하는 직원들이 집을 수시로 찾아왔고, 베트남에 호텔을 짓자는 동창도 나타났는데 그때마다 마음도, 귀도 여렸던 남편은 갈대처럼 흔들렸다.

하지만 우리집이 가장 결정적인 타격을 받게 된 건 이런 일들과는 전혀 상관이 없었다. 친환경 에너지가 뜨고 석탄이 지구환경을 해치는 주범으로 받아들여지면서 석탄업은 점점 하향길을 걷게 됐고 남편은 IMF 금융위기가 터질 즈음 '조기퇴직'이란 심장이 두근거리는 말을 조심스럽게 꺼냈다. IMF와 남편의 조기퇴직, 이것은 곧 우리 가족이 비행기에서 다시 내려올 때라고 말해주는 아픈 신호였다.

나이 칠십에 인생을 뒤돌아보니 내 인생에 비행기와 리어카는 있어도 그 중간인 버스는 없었다. 인생사 새옹지마塞翁之馬, 한 치 앞을 예측할 수 없는 굴곡진 인생에서 적당히 사는 것만큼 힘든 일이 있을까… 살아보니 인생, 참 쉽지 않다.

자영업자의 삶

'코로나 충격에 자영업자 7만 5,000명 가게 문 닫았다'

(2021.01.25./스카이 데일리)

'가게 접는데만 2,000만원…. 폐업할 돈도 없다'

(2021.01.10./이데일리)

'어디 안 힘든 곳 있으랴만은… 코로나19 1년 벼랑끝 자영업자들'

(2021.01.07./일요신문)

'자영업자들 "정부, 코로나 확진 책임전가"… 차량시위 예고'

(2021.07.21./연합뉴스)

코로나가 터지면서 지금까지 살면서 한 번도 경험하지 못한 시간을 보내고 있다. 평일 점심시간. 전에 같으면 100명 정도 손님이 들어왔던 가게에, 요즘은 7명으로 끝날 때가 있다. 처음엔 '두어달 이러다 말겠지' 생각하며 직원들을 안심시키고 평정심을 지키려 했다. 하지만 평소 매출의 20~30% 매출을 석 달 정도 찍으면서 '아차' 하는 생각이 들었다. 서둘러 메뉴를 보완하고 배달업체에 가입하고 눈물을 머금고 직원들에게 돌아가며 쉴 수밖에 없는 상황을 설명했다. 그렇게 한 계절, 두 계절… 아예 1년이 지나더니 이 힘든 싸움은 지금도 계속되고 있는 중이다. 보통 매월 말일이 지나면 장부 정리를 한다. 장사가 잘될 땐 '이달엔 얼마나 벌었을까?' 기대하는 마음으로 정리를 서둘러 하지만 코로나 시국엔 '힘들게 일해도 몸 고생만 했겠거니' 싶어서 정리를 미루게 된다.

시간이 지날수록 함께 버티던 주변 가게들이 하나둘 문을 닫기 시작했다. 나 또한 적금을 깨고 대출을 받고 월세를 밀릴 수밖에 없었는데 손님이 없어서 정성껏 다듬은 식재료를 써보지도 못하고 음식물 쓰레기통에 버릴 땐 내 몸뚱이가 그대로 쓰레기통에 처박히는 것 같아 쓰린 마음을 쓸어 담는다.

한번은 운동화가 너무 낡아서 명동의 신발 할인점을 찾았는데 몇 걸음을 떼기 무섭게 "임대 문의"라고 적힌 빈 점포들이 많이 보였다. 이미 깨끗하게 비워진 가게들을 보니 마음이 무겁고 아팠다. 몇 달 전까지만 해도 누군가에겐 소중한 삶의 터전이었을 텐데 영업을 접기까지 얼마나 고민이 많았을까. 어쩌면 내게도 닥칠지 모를 미래의 모습 같아서 결국 그날 운동화를 사지 못한 채 내 마음같이 너덜너덜해진 헌 운동화를 끌고 그냥 집으로 돌아오고 말았다.

지금 자영업자들은 저마다 각자의 방법으로 버티는 중이다. 우리 가게 바로 옆 슈퍼 사장님은 저녁 때 가게 문을 닫고 근처 빌딩의 청소일을 나가신다. 가족같이 지내는 곰탕집 사장님은 손님을 한 명이라도 더 받으려고 휴일도 없이, 매일 아침 6시에 문을 열고 혼자 곰탕을 끓인다. 또 한식 뷔페를 하는 P형님은 아예 배달 도시락으로 업종을 바꿔 버렸다. 이런 그들과 또 나의 삶을 보면 신화 속 인물인 '시시포스(Sisyphus)'가 생각난다. 커다란 바위를 산꼭대기로 밀어 올려놓아도 굴러떨어진 돌을 또다시 정상에 올려놓는 일을 반복해야 하는 시시포스의 후손들. 오늘도 다시 굴러 떨어질 것을 알면서도 있는 힘을 다해 삶이란 거대한 돌을 밀어 올려본다.

방송작가의 삶

MBC 라디오의 K리포터는 '57분 교통정보'를 오랫동안 했었다. 한번은 그녀와 차를 마시는데, 어쩌다 나온 소개팅 얘기에서 '다시는 소개팅을 하지 않겠다!'고 다짐하게 된 사연을 듣게 됐다.

"언니, 난 이제 소개팅은 절대 안 해.
짜증나서 못 하겠어."
"아니, 왜? 무슨 일 있었어?"
"난 진지하게 대화를 하고 싶거든.
근데 남자들은 다 똑같은 걸 묻더라고."
"뭘 물어보는데?"
"저기, 57분 교통정보 한번만 해주시면 안 돼요?!

이렇게요, 근데 더 짜증나는 건…"

"더 짜증나는 건?"

"그걸 매번 제가 또 한다는 거예요.

옆에 사람들도 쳐다보는데 말이죠."

방송국엘 다닌다고 하면 이렇게 사람들이 신기해하는 몇 가지 것들이 있다. 가장 많이 듣는 질문은 연예인을 자주 보냐는 것이고 이외에도 MC가 말하는 게 원고 플레이냐 애드리브냐, 라디오에서 음악 나갈 땐 뭐하냐, 견학할 수 있냐, 구내식당 밥이 정말 맛있냐는 질문을 받은 적도 있다. '텔레비전에 내가 나왔으면 정말 좋겠네, 춤추고 노래하는 예쁜 내 얼굴'이란 가사가 담긴 동요가 있기도 하지만 예나 지금이나 일반인들의 방송국에 대한 동경이 어느 정도는 있는 것 같다. 특히 영화나 드라마에 나오는 라디오 방송작가는 카페에서 노트북을 열고 고상하게 작업하는 모습이 많이 그려지는데 실제 생활을 들여다보면 춤추고 노래하는 예쁜 사람들, 마이크 앞에 앉은 유명인들 뒤에서 치열하게 프리랜서의 삶을 살아가는 흡사 씨름선수와도 같다. 씨름선수라고 하는 이유는 매일 빈 원고를 잘 채워나가기 위해 혼자만의 씨름을 하기 때문이다.

시사 프로그램을 할 땐 휴대전화을 2개씩 들고 다녔다.

하나는 개인용이었고 다른 하나는 회사에서 섭외용으로 나눠준 휴대전화이었다. 국제 뉴스의 경우 시차 때문에 해외에서 테러나 피랍 같은 큰 사건이 터지면 우리 시각으로 밤에 전화를 해야만 섭외되는 경우들이 있어서 항상 몸에 지니고 다녀야 했다. 외부에서 보기엔 방송작가의 출퇴근 시간이 자유로워 보일지 몰라도 실상은 휴일이나 퇴근 시간이 정해져 있지 않은 셈이다. 섭외가 되면 그 다음부턴 관련 기사와 자료를 찾고 모든 분야의 전문가가 아니다 보니 수험생처럼 그 분야와 관련된 공부를 하고 그 다음 핵심이 될 만한 질문을 뽑아서 진행자용 대본에 자료와 함께 얹어 놓는다. 지금도 종종 생각나는 건 M사 새벽 시사프로그램을 할 때였는데 뭉친 근육을 뜨거운 물로 풀어야 한다는 그녀를 따라 목욕탕을 가면서도 휴대전화을 가지고 다녔던 사연이다. 물이 들어갈까 봐 전화기를 비닐과 수건으로 돌돌 말아서 목욕탕 바구니에 넣어 뒀다가 목욕탕 안에서 벨이 울리면 발가벗은 채로 욕탕 밖으로 뛰쳐나가 메모를 하며 섭외를 하곤 했는데 그럴 땐 발가벗은 내 모습이 더없이 춥게만 느껴지곤 했다.

그렇다면 음악 프로그램은 어떨까? 라디오 음악 프로그램의 원고는 수플레처럼 부드럽고 말랑말랑하고 초콜릿처럼 달콤한 내용들로 채워진다. 하지만 그런 원고를 쓰기 위해

작가들은 거의 매일 물구나무를 선다. 매일 빈 여백을 새롭게 채워나가는 것. 그건 물구나무를 서서 거꾸로 세상을 바라봐야 하는 것만큼이나 안간힘을 쏟아야 하는 일이다. 특히 음악 프로그램에서 작가들이 가장 신경 쓰는 건 DJ의 목소리로 나가는 첫 멘트인 '오프닝'인데 A4용지 한 장을 넘지 않는 이 짧은 글을 쓰기 위해 그날 가장 공감을 얻을 만한 소재를 찾고 뭉근하게 메시지를 전하기 위해 문장을 다듬다 보면 한두 시간은 기본으로 걸리곤 한다. 그다음 '오프닝'과 '클로징'이라는 커다란 말뚝을 박고 그 사이사이 빈 공간을 에세이와 브릿지(연결글)로 채우기 위해 끊임없이 소재를 찾고 어떻게 풀어갈지 생각해야 한다. 요리로 치면 1시간의 점심 장사를 위해 종일 재료 손질을 하는 것과 같다고 할 수 있다.

　　그래도 시사냐, 음악이냐에 따라 이런저런 고충이 있긴 해도 글 쓰는 일을 직업으로 삼은 것에는 언제나 감사할 따름이다. 글을 채우고 다듬을 때마다 뾰족하던 내 안의 돌들이 함께 둥글어지는 것을 느껴서다. 오히려 라디오 방송작가로 진짜 힘든 것이 무어냐고 묻는다면 '일'이 아닌 '사람'이란 생각이 요즘 따라 부쩍 든다. 일은 하면 할수록 익숙해지지만 사람은 겪으면 겪을수록 참 어렵기 때문이다. 대부분 프리랜서인 라디오 방송작가들은 원고만 잘 쓴다고 해서 방송국에서 살아남는 것이 아니다. 원고를 잘 쓰는 건 기본이어야 하고 일부 PD들의 보이지 않는 갑질도 견뎌야 하고 개편이 되거나 나이가 들면 소모품처럼 교체되는 현실도 받아들여야 한다. 개편을 앞두고 '이제 안 나오셔도 됩니다'라는 통보를 받는 동료 작가들을 보면 글 쓰는 일이 아무리 좋더라도 '이 일을 언제까지 해야 할까' 하는 회의가 밀려들기 마련이다. 나도 몇 해 전, 오랫동안 일한 방송국에서 처음으로 해고 통지를 받은 적이 있다. 그때 모PD가 말한 해고 사유는 '밝고 어린 작가랑 일하고 싶다'는 거였다. 그 일을 겪으면서 이미 나보다 먼저 험한 풍파를 겪은 동료들에게 어줍잖은 위로를 건넸던 것이 많이 부끄러웠던 적이 있다.

요즘도 가끔 손가락에 '캐릭터 반창고'를 붙인다. 생방송을 알리는 'On-air' 빨간불이 들어오기 직전 급하게 원고를 뽑다 보면 종이에 손가락을 베일 때가 종종 있어서 한번 반창고를 붙여보았더니 이상하게도 마음에 안정이 찾아왔다. 반창고에 그려진 해맑은 캐릭터가, 아직은 방송국에서 치열하게 살아남아야 하는 내게 '그래도 웃어보라고', '웃다 보면 괜찮아질 거라고', '다들 그렇게 반복해서 상처받고 무뎌지길 바라며 살아간다고' 나를 쓰다듬어 주는 것 같아서 멀쩡한 손가락에 캐릭터 반창고를 붙이고 오늘도 방송국으로 출근한다.

#1

강물이 흘러가듯

"

'항상 순탄하기만 한 인생은 없다.

이 세상에 태어난 이상

고통과 상처, 괴로움에서 자유로운 사람은 없다.

그럼에도 여전히 부정적인 면이 아닌 긍정적인 면에 집중할 때

인생은 향기로운 꽃을 피운다.'

너희의 글을 읽으면서 예전에 《느리게 더 느리게》라는 책에서 읽었던 이 글이 생각났다. 우리집의 가세가 기운 것이 경현이는 제대할 무렵이었고 지은이는 고등학교 졸업 즈음이었으니까 참으로 긴 터널을 지나왔구나.

아빠 직장을 따라 어릴 적부터 전학을 자주 다니느라

얼마나 힘들었을까, 엄마는 항상 그 부분이 맘에 걸려서 너희가 학교에 다닐 땐 친구가 되어주려고 했고 혹시나 왕따를 당하진 않을지 낯선 학교에서 힘들지 않을지… 늘 전전긍긍 걱정하며 살았다. 하지만 이보다 집이 곤두박질을 치는 바람에 너무 일찍 철이 든 딸이 늘 안쓰러웠고 그런 딸이 쓴 글을 읽고 여리고 소심한 네가 쟁반을 들고 뛰어다니면서 얼마나 무안했을지 미안한 마음도 들었다. 항상 그림자처럼 나의 곁을 지켜주던 아빠를 대신해 그 자리를 채워주느라 힘들지? 고맙다. 딸아….

요즘 글을 쓴다고 식탁에 오래 앉아있는 경현이를 보면서는 예전 어릴 적 모습이 얼핏 보이기도 한단다. 고등학교를 졸업할 때까지만 해도 어쩜 그렇게 착하고 순수했을까. 담임 선생님이 이대로만 하면 연·고대는 걱정하지 않아도 될 거라고 호언장담을 하셨지만 잦은 전학이 힘들었던 걸까. 원하던 대학을 가지 못하고 집 사정까지 어려워지면서 이후로 네가 고생만 하는 것 같구나. 항상 엄마 옆에서 함께 버텨주느라 힘들었지? 고마웠다. 아들아….

가끔 너희가 중·고등학생일 때 군산으로 전학 가서 살

던 때를 떠올려 본다. 너희를 차에 태우고 등교시키면서 새벽 안개가 자욱한 벚꽃길을 지나 다녔는데 그 길이 종종 생각이 나. 아마도 엄마는 그때가 제일 행복했던 것 같다. 갑작스러운 내리막길이 이렇게까지 길어질 줄이야. 엄마는 철봉에 대롱대롱 매달려 바둥거리면서도 왜 그 손을 펴지 못했을까. 손을 놓아도 한 뼘이고 평지에 발이 닿을 수도 있는 것을…. 그땐 손을 펴고 땅에 떨어지면 죽는 줄 알았거든. 왜 그랬을까. 강물이 흘러가듯 그냥 같이 흘러가면 되는 것을 이제야 깨달았네.

아들아, 딸아, 우리 강물이 흘러가듯 함께 그렇게 흘러 가자구나.

"

높은 산을 돌아가듯

"

　중년의 나이가 될 때까지 함께 살면서 그 누구보다 가족에 대해 잘 안다고 생각했는데 어머니와 지은이의 글을 읽으면서 '우린 서로 참 많은 속내를 감추며 사는구나' 새삼 깨닫게 되네요. 풀어 놓으면 이렇게 가벼워지는 것을, 아마도 내 삶의 무게를 다른 가족에게 더 얹게 될까 봐 서로를 너무 많이 배려하며 살았나봅니다.

　항상 바쁘게 사는 동생 지은아. 너의 삶은 내가 무어라 말할 수 없을 정도로 치열해서 너의 글을 읽어 내려갈 때마다 마음이 많이 아프다. 아무쪼록 지금 이렇게 글을 쓰는 작업이 어떤 식으로든 우리 삶에 보탬이 되길 바라면서 책의 마지막 한 줄을 적는 그 날까지 포기하지 않으리라 다짐해 본다. 바쁜 프리랜서 생활 중에 글쓰기 초보인 어머니, 오빠와 함께 작업하기가 쉽지 않을텐데 짜증 한번 없이 잘 이끌어주고 있어서 고맙고 글 쓰는 일상이 있어 나는 참 행복하다는 말을 전하고 싶다.

어머니, 정신없이 사느라 까맣게 잊고 있었는데 글을 쓰다 보니 우리의 보물 같던 시간들이 건져 올려집니다. 어머니는 그중에 군산에서의 시간이 가장 행복하셨군요. 아버지가 생일 선물로 사 주신 하얀색 승용차에 지은이와 저를 태우고 아침마다 등교시켜 주셨는데 그때만 해도 참 건강하셨죠. 취미로 배우던 사진을 찍기 위해 계절마다 예쁜 풍경을 담으려고 군산의 명소, 이곳저곳을 활기차게 다니시던 젊은 시절의 어머니가 생각납니다.

저는 요즘 안 하던 글쓰기를 해서일까요? 지난 시간을 들추는 작업을 하면서 자꾸만 초등학교(前 국민학교) 시절이 생각납니다. 아마도 3학년 때였을 거예요. 여름방학을 맞아 아버지가 파견돼 있으시던 강원도 묵호로 온 가족이 가서 한 달간 묵었었죠. 아침이면 아버지는 지은이와 저를 어판장으로 데려가서 처음 보는 신기한 생선도 구경 시켜주시고 매운탕거리를 한 바구니 사 오면 어머니가 맛있게 요리해 주셨던 그때. 그리고 무더운 날엔 망상 해수욕장과 무릉 계곡에서 물놀이도 하고 수박도 깨 먹던 그 시절이 왜 이렇게 생각나는 걸까요? 아마도 '온전한', '단란한'이란 말이 가장 잘 어울리던 시절이어서, 우리의 식탁에 아버지가 계시고 저는 아직 어른의 무게를 느끼지 못하고 해맑기만 하던 시절이어서 진한 그리움으로 남아 있나 봅니다.

앞으로 또 어떤 산을 넘게 될지 알 수 없으나 그분의 몫까지 최선을 다해 보려 합니다.

"

그렇게 지나간다

"

　새벽 안개가 자욱하던 군산의 그 벚꽃길을 어렴풋이 기억해요. '나운동'이란 동네였는데 긴 철길이 함께 나란히 달렸고, 옆으론 넓고 누런 논이 보였고 가을이면 철길 옆으로 키가 큰 코스모스가 한들거렸던…. 창문을 내리고 손을 크게 펼치고 있으면 손가락 사이사이로 물살처럼 안개가 빠져 나갔는데 글을 쓰다 보니까 그때 그 안개처럼 흩어지고 사라져 버린 것들이 너무 많은 것도 같습니다. 그때 엄마가 40대셨으니까 지금의 제 나이였네요. 어느새 70대가 된 주름진 당신을 보며 흘러가 버린 시간을 움켜쥘 수만 있다면 참 좋겠다는 덧없는 바람도 가져 봅니다.

　30년이란 시간은 우리를 어디로 데려온 걸까요…. 굽이

치는 강물을 건너고 높은 산을 돌아가는 동안 가장 소중한 것을 놓치고 만 우리는 서로를 부둥켜 안고 울기도 참 많이 울었지요. 꾹꾹 눌러둔 눈물을 흘려 보내려고 풍랑주의보가 내려지던 날, 대포항으로 달려가 파도와 함께 오열할 때마다 '너라도 슬픔에서 헤어 나오라'고 보내 주셨던 엄마와 오빠의 얼굴이 떠올랐어요.

대포항에서 바라본 바다. 그곳에 있던 검은 바위는 당신과 아버지셨나요… 먼 바다에서 무섭도록 달려오는 큰 파도를 가장 먼저 온몸으로 맞았던 바위. 집채만 한 파도도 검은 바위 앞에만 서면 산산 조각나 부서져 버렸고 결국 해안으로 밀려드는 건 작은 파도뿐이었는데 그 바위가 어쩐지 두 분 같아서 또 한 번 울고 말았습니다. 당신들도 세상의 파도를 등으로 막아서며 얼마나 무섭고 아팠을지, 나는 그걸 왜 부모라는 이름으로 당연하다 여겼던 것인지. 눈앞에 닥친 파도가 항상 세상에서 가장 큰 파도인 줄만 알았는데 그분을 떠나보내고 한없이 작아진 당신 앞에 서며 이제야 감히 검은 바위의 삶을 조금 헤아리게 됩니다.

사랑하는 엄마. 김연수 작가의 말처럼 파도가 바다의

일이라면 저는 그 파도를 등지고 서서 홀로 남은 당신과 세상의 여린 존재들을 지켜 드리렵니다. 당신의 말씀처럼 그러다 보면 세월은 또 흘러갈 테지요. 그래도요 엄마, 부탁드려요. 유수 같은 세월과 같은 속도로는 가지 말아주세요. '무궁화꽃이 피었습니다'의 술래가 세월이라면 술래가 눈치채지 못할 정도로 더디게, 아주 더디게 남은 걸음을 내딛어 주세요….

"

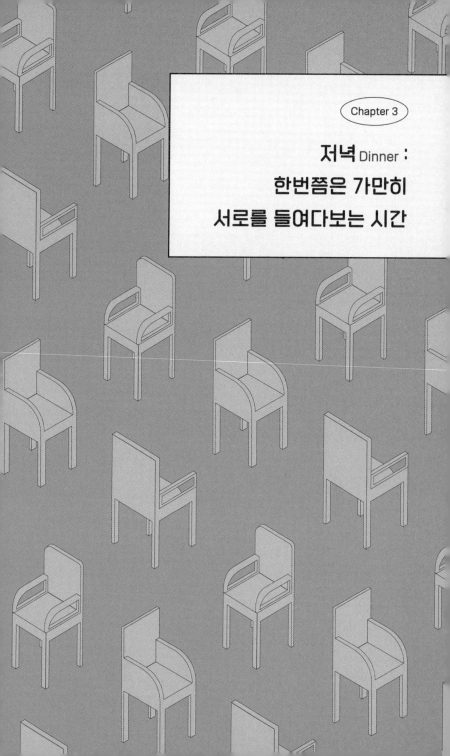

Chapter 3

저녁 Dinner :
한번쯤은 가만히
서로를 들여다보는 시간

전동 킥보드 타는 할머니

"야, 시원하겠다." 언제부턴가 전동 킥보드를 타는 아이들을 보면 엉뚱한 생각이 스쳐 지나갔다. 나도 타 보고 싶다. 그래서 아이들에게 "나, 전동 킥보드 타고 싶어"라고 아주 진지하게 말했더니 아이들은 내가 장난으로 하는 말인 줄 알았나 보다. 귓등으로 흘려 듣는 눈치였다. 그러면서도 내 나이에 저걸 타다가 넘어지면 바로 골절이라느니, 응급실행이라느니, 안 된다는 말만 잔뜩 늘어놓곤 지들 방으로 쏙 들어가 버렸다.

사실 처음엔 '전동 킥보드'라는 용어조차 잘 몰랐다. 예전에 '씽씽이'라고 해서 서서 한 발로 밀면서 달리는 아이들 놀이기구가 있었는데 꼭 '씽씽이'처럼 생긴 것이 발로 밀지 않아도 쌩~ 하니 앞으로 달려나가는 게 엄청 신나고 재밌어 보였다. 친구 권사님은 젊은 아이들이 옆으로 고라니처럼 쌩쌩 지나갈 때마다 "저러다 넘어지면 어쩌려구. 아니, 쟤들 부모님들은 걱정도 되지 않나? 안 그래요, 권사님?" 하고 묻는데 차마 그 앞에서 "재미있어 보이지 않아요?"라는 말을 할 수가 없었다. 애들도 말리고, 친구 권사님도 못마땅해하고, 아무래도 이건 아닌가 보다 싶어서 생각을 접으려고 했지만 한번 마음이 꽂히니 잘 때도 눈앞에서 씽씽이가 왔다갔다 하고 길을 걸을 때도 자꾸만 눈에 밟혔다.

그러던 어느 날, 몇 년 만에 제주도로 짧은 가족여행을 떠나게 됐다. 빌린 차를 타고 시원한 바닷바람을 맞으며 파란 바다를 눈에 주워 담고 있을 때 또 운명처럼 내 눈앞을 쌩하니 지나가는 게 보였다.

"어? 저게 여기도 있네?!"
"뭐요?"
"왜, 나무판 위에 막대기 꽂고 가만히 서 있음
앞으로 나가는 거"
"나무판 위에 막대기 꽂은 거요?"
"그거, 내가 지난번부터 타고 싶다고 했던 거."
"아, 전동 킥보드요!"

아이들은 그제야 내가 진심이었다는 걸 눈치챈 것 같았다. 하지만 여전히 위험해서 괜찮을까 고민하는 것 같길래 "야, 여기는 사방이 탁 트여 있어서 딱이다 딱" 했더니 그제야 차를 세우고 K도, J도 휴대전화으로 막 검색을 하기 시작했다. 그러더니 숙소에서 멀지 않은 김녕 해수욕장에 전동 킥보드를 대여해 주는 곳이 있다면서 예약을 해 주었다. '야, 드디어 탄다!' 그날 밤, 너무 설레어서 잠까지 설쳤다.

드디어 다음날, 우리는 전동 킥보드를 타기 위해 김녕 해수욕장으로 갔다. 그런데 어찌된 일일까? 막상 나를 뜯어말리던 아이들은 벌써부터 머리가 하얗게 샌 엄마가 전동 킥보드를 탄다는 사실에 신이 나서 떠들고 있었고 목적지가 가까워질수록 나는 손에서 땀이 나기 시작했다. 겁이 덜컥 났다. 대여점에 세워져 있는 전동 킥보드는 놀이기구라기보단 오토바이처럼 위엄있어 보였고 막상 발판에 올라서 보니 생각보다 중심 잡기도 힘들었다. 앞으로 나가는 버튼도 막 헛갈리고 이거 잘못하다간 제주도까지 와서 고꾸라지기 쉽겠다 싶어서 머뭇거리고 있는데 어느새 내 머리 위엔 헬멧이 씌워지고 있었다. 눈앞이 캄캄했다. 용감했던 부현이는 어디론가 가버리고 갑자기 다시 늙은 할머니가 돼서 괜한 호기를 부린 것에 대한 후회를 하고 있었지만 이미 대여료 1만 5천원을 내버린 터였다.

그래도 자꾸만 소심해졌다. 위험할 것 같았다. 그런데 기권하긴 억울했다. 이런 기회는 다시 없을 텐데… 혼자 마음속으로 고민을 하고 있을 때, 이런 날 보며 K는 바닷가의 한적한 곳으로 가서 1대 1 강습을 해줬다. 마치 K가 어릴 때 내가 세 발자전거 타는 법을 찬찬히 알려주었던 것처럼. 그때도 K는 지금의 나처럼 계속 못 알아듣고 있었을까? 아무튼 그렇게 가다 멈추더라도, 정확하게 "Go"와 "Stop" 하는 법을 알려주면서 아이들은 내가 익숙해질 때까지 기다려주었다.

드디어 출발! 예상대로, 출발할 땐 잠깐 무서웠지만 작동법이 단순해서인지 금세 익숙해졌고 바람을 가르며 앞으로 달려나가는 맛이 생각보다 훨씬 좋았고 시원했다. '신난다' 라는 말로는 도저히 그 기분을 다 표현할 수 없어서 나는 연신 "쎈난다. 쎈나!"를 외쳐댔다. 한평생 조신하게만 살아온 나, 걱정도 많고 겁도 많았던 나, 보호자 없이는 혼자 외출도 못했던 나. 이렇게 무겁게 나를 누르고 있던 것들, 덕지덕지 붙어있던 삶의 군더더기들이 모두 바람에 날아가 버리는 순간 바람이 된 듯 너무나 가벼워졌다. 얼마나 홀가분했던지 나도 모르게 오토바이족들이 내는 소리를 내고 있었다. "바라바라바라바~ 이히!" 힘겹게 버텨온 긴 세월들이 바라바라바라바람과 함께 모두 날아가는 순간이었다.

맛있게 사는 칼럼니스트

맛있는 음식을 먹는 것도, 만드는 것도 좋아한다. 식당을 오래 해서일까? 처음 맛본 음식이 맛있으면 재료를 구해 만들어 보기도 하고 제철 음식과 식재료에도 관심이 많다. 하지만 대부분의 식당 사장들이 그렇듯이 장사를 하면서 여기저기 돌아다닐 여력이 없다 보니까 가끔 TV에서 맛있는 음식을 소개하는 맛 기행 프로그램을 보면 '나도 저렇게 전국을 돌면서 맛집과 음식 맛을 소개하면 얼마나 좋을까?' 속으로 부러워한다. 만약 인생의 새로운 이모작을 꿈꾼다면 푸드 칼럼니스트가 되어보고 싶단 생각에 요즘은 맛과 관련된 표현을 눈여겨보곤 한다.

며칠 전에는 권여선 작가의 《오늘 뭐 먹지?》란 산문집을 읽었는데 원래 제목이 '오늘 안주 뭐 먹지?'였다고 한다. 하지만 술꾼으로 찍히는 걸 막기 위해 '안주'라는 단어를 빼게 됐다는 작가의 글을 읽으면서 호기심이 생겨 단숨에 읽었다. 이 책에선 지역의 특산물이 아닌 서울 어디에서나 흔하게 먹을 수 있는 음식들이 글의 소재였다. 순대, 김밥, 고등어, 짜장면, 감자탕… 어려서부터 자주 먹었던 친숙한 음식이지만 작가의 손을 거쳐 나온 묘사는 정말 맛깔스러웠고 마치 내가 그 음식을 먹고 있는 듯한 착각이 들 정도였다. 전에는 이런 생각이 안 들었는데 글이라는 걸 매일 쓰다 보니까 '나도 이런 글을 써 보고 싶다'는 욕구가 생겼다. 그래서 학창시절 때 전근이 잦은 아버지를 따라 강원도, 경상도, 전라도를 두루 다닌 경험을 되살려 나도 한번 써 봤다.

[경상도 편] - 부산 남포동 '자갈 마당'

부산에 가면 누구나 찾게 되는 자갈치 시장. 관광객들은 대부분 '부산에서 회를 먹는다'고 하면 시장에서 바로 회를 떠먹거나 아니면 포장해 가지만 현지인들은 조금 다르다. 부산 사람들은 자갈치 시장 옆으로 돌아가면 나오는 '자갈마당'이라고 부르는 실제 자갈이 깔린 넓은 마당에서 생선구이를 주로 먹는다. 비록 바다를 보면서 먹는 맛은 없지만 연탄불에 각종 해산물을 구워 먹는 것이 바로 이곳에서 누릴 수 있는 특권이다. 중학생 시절, 아버지를 따라 처음 가본 자갈마당에서 내 입맛을 사로잡은 것은 '꼼장어 구이'. 불판 위에 뻘건 양념에 묻힌 채소와 꼼장어가 올려지면 어둑어둑한 골목 전체에 꼼장어 굽는 연기가 가득 들어찼고 아버지는 소주 한 잔에, 나는 꼼장어 굽는 냄새에 취해 기분 좋게 부자(父子)의 저녁 시간을 채워갔다. 그리고 생선 한 바구니를 사서 손에 들고 집으로 돌아갈 때면 '나도 커서 아버지처럼 소주잔을 기울이며 꼼장어 구이를 먹어야지' 했지만 지금은 아쉽게도 그때의 그 맛을 찾을 수가 없다. 아마도 이런 걸 두고 '추억의 맛'이라고 하는 거겠지.

[전라도 편] – 전통 토렴식 콩나물국밥집 '일흥옥'

고등학생 시절, 일요일 아침이면 온 식구가 그 콩나물국밥을 먹기 위해 하얀색 승용차를 타고 새벽 안개를 가르며 달려갔다. 조금이라도 늦게 가면 줄을 서서 한참 기다려야 하기 때문에 눈꼽도 떼지 않고 출발해도 어둠이 걷히기 전 골목 어귀엔 우리보다 먼저 온, 머리에 까치집을 지은 사람들이 줄을 서 있었다. '일흥옥' 아궁이에서 나온 뜨거운 김이 새벽의 찬 공기를 뒤쪽으로 훅 밀어내면 공기 중에 섞인 콩나물국밥

냄새가 군침을 꿀떡 삼키게 만들었다. 부뚜막 아궁이 앞에서 아주머니들은 연신 토렴(*밥이나 국수에 뜨거운 국물을 부었다 따랐다 하여 덥게 함)을 하고 계셨는데 자리에 앉으면 주문할 필요도 없이 숟가락이 꽂힌 채 국밥 한 그릇이 바로 나왔고 콩나물국밥을 끓이지 않고 토렴을 해서인지 콩나물의 아삭한 맛이 살아있었다. 여기서 국밥을 맛있게 먹는 꿀팁을 하나 풀면 같이 나오는 달걀 노른자를 터트리지 않고 먹는 것이 좋다. 작은 그릇에 따로 덜어내서 김가루를 뿌려 먹거나 국물에 비벼 콩나물을 적셔 따로 먹으면 이것 또한 별미 중의 별미. 콩나물국밥의 진수를 보여주는 군산의 '일흥옥'. 그 맛을 잊고 싶지 않아서일까, 지금도 일요일 아침이면 군산식은 아니더라도 콩나물국밥집엘 가서 모주 한 잔과 함께 한 뚝배기를 하고 온다.

[서울 편] - 영천시장 순대국밥집 '석교식당'

서울 서대문역 부근 영천시장에는 시장 입구에서부터 구수한 냄새로 사람들을 반기는 순대국밥집이 있다. 순대국밥 마니아들은 다 아는 '석교식당'이다. 가게 안으로 들어서면 깔끔한 인테리어 대신 세월의 흔적이 묻어나는 오래된 벽에 유명 연예인들이 방문한 인증 사진이나 사인이 있고 고를 수 있는 메뉴는 국밥뿐이다. 메뉴는 하나지만 사람들마다 먹는 방법이 다르다. 맑은 국물에 새우젓과 들깨가루를 듬뿍 넣어 구수한 맛으로 먹는 '오리지널 파', 국물에 매운 양념장과 청양고추를 다져서 넣어 먹는 '매운 순댓국 파'가 있다. 또 머리고기와 오돌뼈, 간, 오소리감투, 애기보 등을 먼저 새우젓에 찍어 먹고 나중에 국물에 밥을 말아먹는 '따로따로 파'와 처음부터 밥을 말아 먹는 '다같이 말아 파'로 나뉜다. 누가 굳이 설명해 주지 않아도 세월의 경험이 알려주는 대로 먹는 순대국밥 한 그릇처럼 우리네 인생사도 그렇게 만들어지는 건 아닐까? 추운 겨울에 진한 순댓국에 잘 익은 깍두기를 얹어 소주 한 잔 하는 것만으로도 세상 부러울 것이 없다.

맛있는 음식을 먹는 것만큼 인간에게 원초적인 행복을 안겨주는 것이 또 있을까. '음식'은 만드는 사람과 먹는 사람을 이어주는 전도사가 되어 모두에게 행복을 안겨 준다. 그래서 지금 나는 밥을 팔고 남는 시간에 짬짬이 글을 쓰고 있지만 언젠가 기회가 된다면 맛있는 글을 쓰는 푸드 칼럼리스트가 돼서 또 다른 인생의 맛을 주변 사람들에게 전하고 싶다.

물질하는 글쟁이

인터넷 뉴스에 "제주 한수풀 해녀학교 입학생을 모집합니다"라는 기사가 떴다. 기사에 실린 한 해녀의 물질 사진을 보니 노트북을 접고 당장이라도 달려가 출렁이는 바다에 몸을 담그고 싶어진다. 옷장 구석에 처박힌 '한수풀 해녀학교 11기'라고 적힌 티셔츠를 꺼내 입고서.

제주에는 해녀들의 물질을 가르쳐주는 학교가 두 군데 있다. 제주시의 '한수풀 해녀학교'와 서귀포시의 '법환 해녀학교'. 대개 3~4월경 수강생을 모집해서 5월부터 넉 달 정도 주말마다 수업이 진행되는데 내가 다닌 곳은 제주시 한림읍에 있는 한수풀 해녀학교였다. 그곳엔 전문적인 해녀가 되기 위한 '직업반' 외에도 해녀에 관심 있는 사람들이 지원할 수 있는 '입문반'이 있었기 때문에 바다에 젖어 들길 바랐던 나는 중학교 때 수영대회에서 동상을 탔다는 이력까지 들추며 얼추 3 대 1 정도 된다는 경쟁률을 뚫고 합격했다.

해녀학교에는 참으로 다양한 사람들이 모여 있었다. 삼수 끝에 합격해서 주말마다 서울에서 비행기를 타고 날아오는 직장인들도 있었고 제주공항에서 해녀학교까지 왕복 4~5시간씩 자전거를 타고 오가는 사람, 우즈베키스탄에서 한국어 교육을 하다 온 사람, 제주관광공사 직원, 한라병원 응급의학과 전문의, 기념품 업체를 운영하는 사장님 등등… 모두 바다가 좋아서 온 사람들이어서 그런지 함께 있으면 마음이 해초처럼 보들보들해졌고 그들에게서 나는 바다 냄새가 좋았다.

해녀학교에 들어갔을 때, 주변 사람들은 대부분 참 엉뚱하다는 반응이었다. "진짜 해녀 되려고?", "평생 글만 쓰던 애가?", "아니, 왜?", "문어한테 잡히지나 마라." 그때 나는 진짜 왜 해녀학교에 들어갔을까. 이유는 지금도 잘 모르겠다. 끌리는데 이유란 게 있을까. 그저 뛰고 싶으면 뛰고, 보고 싶으면 가고, 내키지 않으면 멈춰 서고… 한번쯤은 그렇게 머리가 아닌 가슴이 시키는 대로 바람처럼 살아보고 싶었던 것 같다.

하지만 바람처럼 살아보고 싶단 바람과는 다르게, 바다에서 물질을 배우는 일은 생각처럼 쉽지 않았다. 일단 해녀복을 입는 것부터가 고생길. 해녀복은 등에 달린 지퍼를 내리고 팔다리를 다 집어넣어서 아기들 우주복처럼 한번에 다 입어야 한다. 하지만 굉장히 꽉 끼게 고무로 만들어진 옷이기 때문에 맨살에 해녀복을 입기 위해선 탈의실에서 앞구르기, 뒤구르기를 하며 한바탕 난리 부르스를 춰야 한다. 해녀복과의 한판 씨름이 끝나고 나면 그때부턴 물에 들어가기 위해 또 준비해야 할 것이 투성이었다. 물안경에 김이 서리지 않도록 쑥이나 치약을 바르고 부력을 이기기 위해 허리춤에 연철을 차야 한다. 무엇보다 해녀는 산소통을 메고 들어가는 게 아니라 오로지 자신의 숨에 의지하면서 물질을 하기 때문에 숨을 오래 참는 연습을 부지런히 해 둬야 한다. 그래서 나와 해녀학교 동기들은 평균 연령이 35세 정도 됐음에도 모였다 하면 '코 막고 바나나 먹기', '빨대로 숨쉬기' 같은 연습을 하면서 돌고래처럼 자주 웃었다.

도시에서는 《꽃들에게 희망을》에 나오는 애벌레들처럼 휩쓸리듯 자꾸만 위로 기어서 올라가려 했다면 바다에서는 내려가는 삶도 있다는 물살의 이야기를 경청했다. 숨을 참고 있지만 숨을 쉬는 것 같았고 세상의 소리가 차단됐지만 대신 내 안의 말들이 다가왔다. 해변가에서 발등만 할짝거리던 파도는 경직돼 있던 온몸을 구석구석 쓰다듬어 주었고 뭍으로 나오면 그런 바다를 떠나는 게 못내 아쉬워서 무릎을 끌어안은 채 한참 동안 푸른 그곳을 바라보며 앉아 있었다. 바다에 던져둔 시선을 거두고 집으로 돌아갈 때면 도시에서 가져온 납덩이들을 하나둘 그곳에 남겨둔 것 같아 그렇게 가볍고 홀가분할 수가 없었다.

사실 해녀라는 직업은 감성적일 순 없다. 나는 그 주위를 얼쩡거리며 바다의 위로만 담아왔을 뿐이다. 실제 해녀의 삶은 '저승에서 벌어서 이승에서 쓴다'는 말이 있을 정도로 고되고 힘들고 때론 목숨까지도 걸어야 한다. 그래서 밥벌이를 하기 위해 다시 서울로 돌아온 지금은 도시 생활이 힘들 때마다 숨을 참고 물질을 하는 해녀분들을 떠올린다. 그리고 그때 바다에서 담아온 찬란한 햇살 한 조각을 꺼내 들어 응달진 마음 한 켠에 가만히 놓아둔다.

스타벅스 로망 이야기

하루는 J가 어디서 읽은 글이라면서 들려준 이야기가 있다. 어느 할머니가 커피숍에 가서 주문을 하려고 기다리는데 직원이 "할머니, 다방 커피같이 달달하고 프림 넣은 게 좋으세요? 탄 밥 누룽지처럼 구수한 게 좋으세요?"라고 물었다는 거다. 참 친절하고 복 많이 받을 직원이다. J는 이 이야기를 들려주면서 나에게 커피 이름을 얼마나 아느냐고 물었다.

"엄마, 여기서 탄 밥 누룽지 같은 커피 이름은
뭐게요?"
"응, 까만 커피. 맛없는 거."
"아니, 그럼. 달달하고 프림맛 나는 커피 이름은?"
"응. 그건 맛있는 거. 내가 좋아하는 거."

예전의 나는 그랬다. 하지만 요즘은 그렇지 않다. 탄 밥 누룽지 같은 커피는 '아메리카노'를 말하는 거고 달달하고 프림맛 나는 건 '마끼아또' 그리고 며칠 전에 새롭게 외운 건 '돌체라떼'다. 처음엔 나도 커피 이름을 외우는 게 쉽진 않았다. 그런데 어느 날부턴가 K와 J가 스타벅스 쿠폰이란 걸 휴대전화으로 보내주면서 이걸 매장 직원한테 보여주면 커피가 공짜라고 했다. 어디서 매번 이런 쿠폰이 나오는 거냐고 물어보니까 요즘 젊은 사람들은 선물할 일이 있을 때 이런 걸 주고 받는다면서 사용할 수 있는 기한이 있으니까 아끼지 말고 꼭 챙겨서 마시라고 신신당부를 했다. 그날부터 '띵똥-'하는 스타벅스 쿠폰 도착 소리가 참으로 경쾌하게 들렸다.

커피 한 잔에 5천 원이 넘는 걸 보고 내 주위에 놀라지 않는 사람은 없었다. 지금도 영천시장엘 가면 칼국수 한 그릇을 배터지게 먹어도 2천500원을 내는데 호로록 한번 삼키면 없어질 커피 한 잔에 5천원을 내고 마시는 건 하늘이 두 쪽 나도 있을 수 없는 일이라고 생각했다. 그런데 그건 내 돈 내고 마실 때 얘기고 커피쿠폰이 있으면 얘기가 좀 달라진다. 처음엔 J가 나를 데리고 커피숍엘 가서 쿠폰 사용하는 법부터 알려줬다. 휴대전화을 열고 카톡방을 열고 커피쿠폰을 받아서 보여주기. 그러면서 가장 내 입맛에 맞는 커피 하나를 골라 이름을 외우게 했다. '캐러멜 마끼아또... 캐러멜 마끼아또... 캐러멜 마끼아또...' 그래서 1년이 지난 지금은 권사님들이나 친구들과 같이 카페에 가면 내가 커피쿠폰을 딱 보여주면서 주문을 한다. "캐러멜 마끼아또요, 뜨겁게요."

우리 학창시절에는 할 얘기가 있으면 빵집에서 끼리끼리 모였다. 성인이 됐을 때도 다방에서 달달한 커피나 홍차 같은 걸 마셨는데 그땐 다방 조명이 어딜 가나 다 어두침침해서 얼굴을 가까이 맞대야 겨우 얘길 나눌 수 있었다. 그런데 요즘 커피숍은 참 좋다. 우선, 참 밝다. 전에는 '이 돈 내고 왜 커피를 마시나' 했던 내가, 커피쿠폰이라는 공짜쿠폰이 생기면서는 심심하면 거길 간다. 창가에 자리를 잡고 앉은 젊은이들이 노트북으로 공부를 하는지 일을 하는지 알 순 없지만 아무튼 아주 열심히 무얼 하는 모습이 보기 좋다. '참 희한한 세상이다'라고만 생각했는데 요즘은 나도 창가에 앉아 책도 읽어보고 싶고 잠시나마 예쁜 소녀가 돼서 캐러멜 마끼아또를 마시고 싶다. J가 묻는다. 왜 그렇게 스타벅스를 좋아하는 거냐고.

"거기 앉은 젊은 친구들이 참 예쁘다.
머리 질끈 묶고, 운동화 신고, 모자 푹 눌러쓰고,
아무도 의식하지 않고 자유롭게 있는 모습이

참 신선해보이고 좋아.
그래서 나도 같은 공간에 있으면
젊어지는 것 같아서 스타벅스가 좋다!"

지금도 일주일에 한번씩은 스타벅스에 들러서 뜨거운 캐러멜 마끼아또와 어쩔 땐 그 집 빵을 같이 가져온다. 역시 공짜 커피쿠폰으로. 그리고 휴대전화이나 카드에 쿠폰이 얼마 없으면 K나 J에게 말한다. "나, 스타벅스 쿠폰 똑 떨어졌다!"

어쩌다 서점 이야기

내가 아는 주변 남자들은 카페엘 잘 가지 않는다. 아니, 요즘은 꼭 그런 것 같진 않지만 나와 내 친구들의 경우 업무 이야기가 아니고선 남자들끼리 차 한 잔을 앞에 놓고 있으면 오히려 데면데면해지고 만다. 커피나 차가 아니라 술 한 잔이라면 모를까….

한번은 친구 Y가 여자친구를 사귀겠다는 굳은 의지로 인천에서부터 서울에 있는 한 교회까지 지하철을 타고 왕복 3시간씩을 다닌 적이 있다. 참고로 Y는 무교이고 서울의 그 교회는 여대 앞에 있었다. Y는 한다면 하는 친구였고 '지성이면 감천'이라고 그 정도 의지와 노력이라면 충분히 성공할 줄 알았는데 무려 1년 동안 열심히 교회에 다니던 Y는 어느 날 도저히 못 하겠다면서 백기를 들었다. 그 이유는 예배가 끝난 뒤 1년 동안 교회 자매들과 카페에 가서 치즈 케이크와 아메리카노를 먹었는데 물려서 더는 못 먹겠다는 거였다. 그 얘길 하면서 역시 종교생활은 신실한 믿음 없이는 안 된다는 교훈을 얻었다고.

나 역시 카페나 서점과는 친한 편이 아니어서 그동안은 별개의 세계로 여겨 왔다. 길을 걷다 보면 한 집 건너 한 집씩 있는 카페마다 사람들이 책을 읽거나 노트북으로 무언가를 하는 모습을 쉽게 볼 수 있다. '누굴 기다리는 중일까? 아니면 일하는 걸까?' 내가 해 보지 않은 생활이라 한번씩 궁금하다. 카페에 가거나 미술관에 가는 문화생활과는 거리가 먼 삶을 살와왔지만 그래도 요즘은 어쩌다 글을 쓰면서 서점에는 자주가는 편이다. 마침 집이 광화문에서 15분 거리에 있어서 교보문고에 가기 좋은 여건이라 사람들이 붐비지 않는 주말 오전시간을 택해서 간다.

아직 40대에 뭐 이리 할아버지처럼 얘기하나 할 수도있지만, 자영업을 하는 사람들은 종일 식당에 몸이 매여 있기 때문에 서점같은 곳에 한번 나가는 게 쉬운 일은 아니다. 식재료를 사러 마트나 시장에 가는 건 익숙해도 서점은 양복쟁이들이 많이 가는 곳이라고 생각했다. 이런 고정관념 때문에 오래 전 발길을 끊었던 서점엘 가니 정말 다른 세상 같았다. 학창시절 학교 앞에 있던 서점과는 전혀 다르게도 에세이, 소설, 인문학 등등 여러 분야의 책들이 보기 쉽게 잘 정리돼 있고 책을 사지 않아도 눈치 보지 않고 읽을 수 있고 간단한 식사와 차도 마실 수 있었다! 책을 좋아하는 사람들에게 이곳은 놀이동산과 같은 곳이었다. 잠시나마 답답한 일상에서 벗어나 책을 읽으며 이런저런 상상을 해서인지 마스크로 가린 얼굴이라고 해도 그들의 행복한 눈을 읽을 수 있었다. 나 또한 이제는 이 놀이동산에서 이 책, 저 책을 펼쳐서 차례도 살펴보며 간단히 식사를 해결하고 행복한 시간을 보내다가 집에 오곤 한다.

어쩌다 책을 내게 되면서 일전에 J에게 들은 '누워 있는 책'과 '꽂혀 있는 책'도 관심 있게 보는 편이다. J가 이미 책을 낸 방송가 선배한테 들은 얘기라는데 서점에는 이런 두 종류의 책이 있다고 한다. 신간 코너 가판대에 얼마나 오랫동안 누워 있느냐에 따라 베스트셀러 여부가 정해지기도 한다는데 아직 출간도 되기 전이지만 과연 우리 가족의 '삼인용 식탁'은 얼마나 누워 있을지 혼자서 상상해 보게 된다. 우리집 안방에서 누워 있는 것처럼 두 다리 쭉 뻗고 오래오래 우리 책이 누워 있음 좋겠지만 사실 이런 곳에 가족의 이름이 박힌 책이 꽂힌다는 것만으로도 충분히 마음이 벅찰 것 같다. 사람들의 손길이 많이 가는 책을 보면 대부분 무슨무슨 자격증과 관련돼 있거나 이미 베스트셀러인 책, 유명 작가들이 낸 책이 많아서 약간의 부담을 갖고 집으로 돌아올 때도 있지만 모든 걸 떠나 서점이 익숙해진 요즘의 내 모습이 참 낯설면서도 좋다.

서점이 너무 좋아진 나머지 예전처럼 동네에 작은 서점들이 곳곳에 많이 있으면 좋겠다는 얘길 J에게 했다. 이왕이면 서점이 낯선 아저씨들도 나처럼 익숙해질 수 있도록 '맥주를 파는 서점'이 있으면 어떻겠냐고 야심차게 사업 아이디어를 말했더니 가만히 듣고 있던 J가 "이미 있어"라고 한 마디로 깔끔하게 정리를 해 버렸다. 역시 사람들은 다 비슷비슷한 생각을 하면서 사는구나…. 아무튼 좋은 책을, 좋은 사람들과 나눌 수 있는 소중한 공간이 많아지고 무엇보다 오랫동안 운영됐으면 좋겠다.

스타벅스 로망 뒷이야기

주일학교 유치원 때였다. 가끔 '달란트 잔치'라고 해서 성경말씀을 잘 외우거나 칭찬 받을 만한 일을 하면 주일학교 선생님이 달란트라고 하는 종이돈을 주셨다. 부루마블 게임에 있는 그 종이돈처럼 파란색은 5백 원, 빨간색은 1천 원, 노란색은 5천 원 이렇게. 그걸 그녀가 만들어준 헝겊 지갑에 차곡차곡 모아 놓으면 한번씩 열리는 작은 시장에서 돈처럼 사용할 수 있었다. 돈 개념이 전혀 없던 때였지만 그녀처럼 지갑을 열어서 종이돈을 꺼내면 연필이랑 지우개도 사고 초콜릿이랑 과자도 사고 오이랑 당근 같은 것도 살 수 있었던 게 참 신났던 기억이 난다. 얼마나 신났으면 여태 기억이 날까. 그땐 종이돈이 내게 어른의 기분을 공짜로 낼 수 있게 해주는 마법과 같았다.

그녀가 "나, 스타벅스 쿠폰 똑 떨어졌다"라고 했을 때, 그때 알았다. 그녀에게 커피쿠폰은 종이돈 같은 개념인 거구나…. 화장실 한번 가면 없어질 거 그 돈 내고 어떻게 커피를 마시냐며 고갤 절레절레 흔들던 그녀였지만 지인들에게 받았던 커피쿠폰을 몇 번 전송해서 사용법을 알려드렸더니 이제는 카페에 가서 휴대전화을 보여주고 '공짜로' 커피를 마시는 재미에 푹 빠지셨다. 서점도, 도서관도 그리고 카페도… 우리에게 너무나 익숙한 세상들이 그녀에겐 별천지 같다니 또 다시 코끝이 시큰해졌다.

그녀가 커피쿠폰이 떨어졌다고 말했을 땐 사실 좀 당황했다. 내가 아는 그녀는 절대 돈 주고 커피를 마실 사람이 아닌데 이 얘길 왜 하신 걸까? 커피쿠폰을 사달라는 얘긴 아니실 테고 그렇다고 지인들에게 사달라는 건 더더욱 아닌 것 같고… 뭐지? 무슨 의미지? 잠시 동공이 흔들렸지만 기대에 가득 찬 아이처럼 반짝이는 그녀의 눈을 보는 순간 알아차렸다. 아, 그녀에게 커피쿠폰은 하늘에서 공짜로 뚝 떨어지는 종이돈이라는 걸.

그때부터 그녀를 행복하게 속이는 작전은 1년 넘게 이어지고 있다. 어떻게 이렇게 오래 속아주실 수 있을까 싶기도 하지만 내가 타고난 거짓말쟁이인 건지 아니면 그녀가 의심이라곤 할 줄 모르는 천성이 맑은 사람이어서인지 아무튼 아직까지는 들키지 않고 그녀의 행복 프로젝트를 잘 가동하는 중이다. 휴대전화로 커피쿠폰을 선물로 받을 땐 전혀 문제가 없다. 하지만 더 이상 받은 쿠폰이 없고 그녀 몰래 쿠폰을 채워 넣어야 할 땐 내 전화번호부에 있는 모든 인맥을 총출동해서 있는 사연, 없는 사연을 다 만들어다가 어떻게든 얼버무린다.

중간중간 그녀 몰래 지갑에서 스타벅스 카드를 가져다가 얼마나 남았는지를 확인해야 하는데 며칠 전엔 내가 너무 오랜만에 확인해서인지 6천원 정도만 남아 있었다. 아무리 맑은 그녀라고 해도 꼬리가 길면 잡히는 법. 너무 임박하게 채워 넣어도 안 되고 같은 수법을 써도 안 되는데 이번엔 정말 고민이 됐다. 어떻게 그녀를 속일까…. 그래서 일단 스타벅스에 가서 10만 원 어치를 긁어서 카드에 채워 넣고 일주일을 묵히면서 아이디어를 쥐어 짜냈다.

"엄마, 나 몇 달 전에 방송국에서 특집 맡았잖아."
"응. 엄청 힘들어 했잖아."
"그랬지. 그래서 특집 고료 대신 커피쿠폰 달라고 했어."
"어? 그래도 돼? 왜 그랬어?"

"아니, 한 10만 원 정도 될 것 같은데

그게 고료로 책정된 게 아니어서…

아무튼 밥으로 먹어서 없어지거나

아니면 날아갈 수도 있어서…

이번엔 그냥 커피쿠폰으로 달라고 했어. 살했지?"

내가 말하면서도 무슨 말인지… 참고로 방송국은 원고료를 정확하게 계산해서 주는 곳이다. 앞뒤가 맞지 않게 둘러대면서 과연 그녀가 속아줄까 싶어 가슴이 콩닥거리고 있었는데….

"네가 웬일이냐! 그런 말도 다하고…

야, 잘했다. 잘했어.

그걸 왜 안 받아. 당연히 받아야지, 아이, 신나!"

어릴 적 착한 아이들에게 선물처럼 주어졌던 '달란트 잔치'처럼, 평생을 자식들만 바라보며 힘들게 살아온 그녀에게 내가 해줄 수 있는 작은 선물이다. 이제 책이 나오면 그녀가 이 진실을 알게 되면서 더 이상 커피쿠폰 행복 프로젝트는 진행하지 못하겠지만 그럼 그땐 또다른 프로젝트를 통해 햇살 같은 그녀의 웃음을 지켜주고 싶다.

몸무게를 늘릴 나이

이른 봄날이었다. 콩이 예방접종을 하려고 은평구에 있는 동물병원엘 갔다. 도착하니 시간이 남아서 병원 뒷산 둘레길을 걷는데 손등을 스쳐 가는 바람은 아직 차가웠다. 그래도 몇몇 나무에 핀 진분홍의 매화꽃과 노란 산수유꽃을 보니 기분이 좋아졌다. 곁에서 나란히 걷는 J도 꽃구경을 하면 좋겠는데 아까부터 J는 자꾸만 이 좋은 꽃나무를 보는 대신 고갤 숙이고 걷고 있었다. 그러더니 오히려 나보고 땅을 좀 쳐다보라고 했다.

"엄마, 여기 싹 난 거 봐봐. 엄청 많이 나왔네요."
"그러게. 아주 뾰족뾰족한 게 많이도 나왔네."
"엄마, 혹시 오합혜(五合鞋)랑 십합혜(十合鞋) 얘기 아세요?"

"응? 뭘 합해?"

"아니, 그게 아니라… 옛날엔 짚신을 만들 때,
보통 씨줄 10개를 나란히 촘촘하게 엮어서 십합혜란
짚신을 만들었대요.
그러다가 봄이 되면 여기서 씨줄 5개를 빼고
듬성듬성 엮었고요, 이걸 오합혜라고 불렀는데, 그래야
신발이 헐거워져서 막 나오는 싹도, 알에서 깬 벌레도
덜 밟을 테니까 그런 거래요. 엄청나죠?!"

움찔 놀랐다. 나도 요즘 책을 이것저것 많이 읽는 편이
지만 세상엔 배워야 할 것들이 아직 너무 많구나 싶었다. 봄에
는 새로 태어나는 생명이 덜 다치도록 일부러 헐렁한 신발을
신었다니… '이건 꼭 기억해둬야지' 하면서 시간 맞춰 동물병
원에 들어갔다. 병원에는 이미 '삼치', '꽁치'라는 이름의 강아
지들과 다른 개들이 대기 중이었 나와 J는 잠시 의자에 앉아
서 기다리기로 했다. J는 의자에 앉자마자 옆에 있던 반려인을
위한 잡지를 한 권 집어 들더니 곧 정독하는 분위기였고 심심
해진 나의 눈에는 앞에 있던 대형견용 체중계가 보였다. 슬그
머니 올라갔다. 그런데 눈이 침침해서 숫자가 잘 보이지 않아
"J야~" 하고 부르니 그제야 고개를 든 J는 깜짝 놀라면서 나

보고 왜 개들 체중계에 올라가 있냐면서 박장대소를 했다.

"몸무게, 몸무게 재야지! 45kg 넘나 안 넘나 어서 봐 봐."
"잠깐만요. 어디 보자. 우와, 45.05kg! 엄마, 성공 성 공!"
"아싸, 45만 원 벌었다. 약속 지키기다! 꼭이다!"

주위에 사람들이 있어서 입을 틀어막고 '큭큭' 거렸다. 지금은 우리가 이렇게 웃고 있지만 사실 내 몸무게에는 사연 이 하나 있다.

그림자처럼 항상 곁에 있던 그가 멀리 떠나고 J도 숨을 쉴 수 없는 지경에 이르러 제주로 떠나버렸을 때. K가 곁에 남 아서 내 손을 꼭 붙잡고 다녔지만 갑작스러운 삶의 공백이 내 겐 너무 버거웠다. 결국 더 이상은 버틸 수가 없어서 J에게 전 화를 걸어서 "엄마가 아파"라는 말을 하게 됐고 단숨에 달려 온 J는 앙상한 내 모습을 보면서 눈물을 흘렸다. 그때 내 몸무 게가 39kg였다. J는 나를 두고 잠시 떠났던 것에 대한 미안함 때문이었는지 서울로 돌아와서는 나를 돌보는 일에 최선을 다 했다. 하지만 그래도 몸은 좋아지지 않았고, 어느 병원을 다니던 '기초 체력, 기본적인 몸무게가 뒷받침해줘야 한다'는 의사들의 말을 들으면서 K와 J는 그때부터 내 몸무게를 기력을 잃기 전 45kg으로 돌려놓기 위해 애를 썼다. 그중 하나가 45kg이 되면 상금으로 45만 원을 준다는 거였다. 아이들이 내 살을 찌우기 위해 이렇게나 애쓰는 걸 보면서 상금 때문이 아니라 아이들을 실망시키지 않기 위해서라도 살을 찌워야 했다. 가게에서 집에 갈 때도 50분 정도를 걷고 TV를 보면서 운동도 따라하고 소화제를 먹으면서까지 다음 끼니를 꼭 챙겨 먹으려고 했다. 그렇게 무려 2년 반 동안 기를 쓴 덕에 드디어 목표한 몸무게 45kg을 넘어섰고 그날 당당하게 45만 원을 받았다.

요즘 내 뺨은 봄의 새싹들처럼 조금은 통통하게 살이 올랐다. 이런 나에게 오합혜, 십합혜 이야기도 들려주고 운동도 코치해 주는 두 아이들은 내 삶의 고마운 트레이너들이다.

한창 꿈꿀 나이

아침마다 거울을 보면 어떤 뚱뚱한 아저씨가 날 보고 있어 깜짝 놀란다. '저건 내가 아닐 거야….' 심란한 마음을 달래려고 30대였던 시절을 떠올리며 김광석의 '서른 즈음에'를 들어본다.

> "점점 더 멀어져 간다.
> 머물러 있는 청춘인 줄 알았는데
> 비어가는 내 가슴속엔 더 아무것도 찾을 수 없네…."

30대 땐 이 노래를 들으면서 크게 공감이 가질 않았다. 그때만 해도 아직 청춘이라 생각했기 때문에. 하지만 10년이 지난 지금은 가사가 마음에 콕 박힌다. 아직 몸과 마음이 따로

움직이는 건 아니지만 한번 몸이 힘들어지면 회복되기까지 시간이 걸리는 걸 느끼면서 이제 이런 현실을 받아들이며 살아야 한다는 사실에 쓸쓸한 마음이 들었다.

　그러던 중, 제주도로 짧게 여행을 갔을 때였다. 즐기려고 간 여행이라기보다 지친 몸과 마음에 쉼을 주고 싶어서 갔던 여행이었다. 최대한 한적한 마을에 숙소를 잡고 관광객들과 거의 마주칠 일이 없는 오름이나 숲길을 걸으면서 서울에서 고생했던 나에게 자연이 퍼주는 영양제를 받아먹었다. 그리고 서울로 다시 돌아가기 전 '잠시 바다나 한번 보고 갈까' 하고 들른 협재 해수욕장에서 나는 한순간에 마음을 사로잡는 운명의 상대를 만났다. 바로 이름도 생소한 '카이트 서핑 (kitesurfing)'. 서핑과 패러글라이딩을 접목한 레저스포츠로, 한 마디로 서핑보드에 연을 매달은 거였다.

　하늘과 바다의 경계가 구분 지어지지 않을 만큼 파란 창공에 큰 연을 띄우고 시원하게 바다 위를 날아다니는 서퍼들. 경이롭기까지 한 그 모습을 더 가까이 보고 싶어서 나도 모르게 모래사장 끝까지 걸어가 한참을 봤다. 심장이 크게 뛰면서 나도 저 연에 매달려 새처럼 하늘을 훨훨 날아다니는 장면을 떠올려봤다. 얼마나 후련하고 시원할까…. 그 모습을 보고 서울로 올라온 지 벌써 몇 년의 시간이 지났지만, 지금도 커다란 연을 띄우고 바다 위를 날아다니던 서퍼들의 모습이 생생하게 기억난다.

40대가 되면서 나도 모르게 마음이 작아진 것 같다. '꿈'이란 것이 소년들만이 꿀 수 있는 특권이라 여겼는데, 심장이 활어처럼 팔딱팔딱 뛰던 그 시간을 떠올리면서 중년의 남성들도 아직은 한창 꿈꿀 나이라고 생각을 고쳐 먹는다. 그리고 봄여름가을겨울의 'Bravo my life'로 선곡을 바꿔본다.

> "석양도 없는 저녁, 내일 하루도 흐리겠지.
> 힘든 일도 있지. 드넓은 세상 살다 보면
> 하지만 앞으로 나가, 내가 가는 곳이 길이다.
> Bravo Bravo my life 나의 인생아, 지금껏 달려온 너의 용기를 위해.
> Bravo Bravo my life 나의 인생아, 찬란한 우리의 미래를 위해."

생각이 간결해질 나이

아침마다 거울을 보면 흰 머리카락이 파밭처럼 많아진 한 아줌마가 날 보고 있어 흠칫 놀라게 된다. '저건 내가 아닐 거야….' 풀 죽은 마음을 달래려 노화 방지에 좋다는 콜라겐 한 포를 쪽 빨아본다.

10년 전까지만 해도 그녀가 희끗희끗한 머리카락을 들이밀면 내가 한 달에 한 번 정도 까맣게 염색을 해 드렸다. 그런데 요즘은 그 반대다. 또래 친구들보다 흰 머리가 빨리 생긴 편이지만 요즘은 새치라고 하기엔 너무 많을 정도라 우울해하고 있으니 이런 나를 보던 K가 약간 휑한 정수리를 보여주며 "자, 탈모랑 흰 머리가 있어, 둘 중에 어느 게 나아? 그래도 너는 머리숱은 풍성하잖아"라고 한다. K는 위로하는 법을 안다.

어느 날부턴가 내 머리에 흰 머리카락이 등장하는 걸 보면서 그녀는 '생각이 많아서'라고 했다. 글이란 게 자판기 커피처럼 누르면 뚝딱 나오는 게 아니니까, 요리조리 머리를 굴리고 생각을 많이 하면서 일을 하다 보니까 머리가 빨리 하얗게 셌다는 논리다. 정말 그런지는 모르겠지만 꼭 흰 머리카락 때문이 아니더라도 요즘은 내 머릿속 생각이 간결해지면 참 좋겠다 싶다. 최갑수 작가의《당분간은 나를 위해서만》이란 책에도 이런 말이 나온다.

"이곳에만 오면 인생이 간결해지는 것 같아."
하조대 해변을 거닐다 친구가 던진 말.

"일하는 데 여덟 시간, 사랑하는 데 여덟 시간, 자신을 위하는 데 여덟 시간.
하루를 이렇게 삼등분해서 살 수 있다면
충분히 행복할 수 있을 텐데, 그렇지 않을까?"

그의 말처럼 하루를 삼등분해서 살 수 있다면 참 좋겠지만 현실은 그렇지가 못하다. 오히려 여러 조각의 귤처럼 조각조각 신경 써야 할 게 너무 많다. 휴대전화에 입력된 스케줄만 봐도 원고를 맡고 있는 여러 프로그램의 녹음과 생방송 일정이 매달 빼곡하게 적혀 있고 업무의 연장선인 식사 약속, 아파트 관리비와 각종 공과금 내는 날, 그녀와 나의 차고 넘치는 병원 예약 일정, 콩이의 예방 접종일, 친척들의 대소사, 일주일에 한 번씩 장 봐야 할 것들까지… 한두 가지가 아니다. 그래도 이런 건 명확하게 해결할 수 있는 것들이라서 그나마 좀 나은 편이다.

정말 나를 힘들게 하는 건 앞에서 이야기했듯이 사람과 사람이 엮어지는 인간관계이다. 우리는 얼마나 미모사처럼 예민한 존재들인지 말 한 마디에도 쉽게 상처받고 휘둘리기 때문에 방송국에서 나보다 훨씬 더 오랫동안 많은 사람들을 상대해온 한 선배는 "우리가 받는 건 고료가 아닌, 사람을 참아내는 것에 대한 인내료"라는 공감 어린 말을 남기기도 했다.

들춰내기가 무서워서 아직 청산하지 못한 과거의 묵은 감정들도 정리해야 하고 현재도 빈틈없이 살아내야 하고 노후 대비처럼 미래에 대한 준비도 슬슬 해야 하는 나이가 되었다. 그래서 꽉 찬 옷장처럼 머릿속이 복잡해질 때면 하루를 삼등분하지는 못해도 최대한 심플해질 수 있는 '인생이 간결해지는 장소'를 찾아 훌훌 떠나고 싶다.

미루나무 꼭대기에 앉은 바람이 잠시 머물다 가는 것처럼 그렇게 기대 없이 갔다가 미련 없이 돌아올 수 있는 장소, 바다 가득 뜬 윤슬이 배를 뒤집고 팔딱이는 은어떼처럼 보일 때 한참 물끄러미 바라보게 되는 장소, 어미 감귤나무가 어린 감귤열매들을 툭 떨어뜨리는 소리가 크게 들리는 그런 고요한 장소에서, 중년에 입문하자마자 눈덩이처럼 커져 버린 생각의 실타래를 풀어놓고 다시 동그랗게, 자그맣게 삶을 말아보고 싶다.

아이들을 대하는 자세

늙은 엄마, 늙은 총각, 늙은 처녀. 이런 구성으로 셋이 같이 살 때 '늙은 엄마'는 어떻게 행동하는 게 좋을까? 예전엔 품 안의 자식들이었지만, 어느 순간부터는 역할이 바꿔서 지금은 내가 자식들 품 안에서 보호를 받는 아기새가 된 것 같다.

시곗바늘이 재깍재깍 거꾸로 돌아간다. 나의 사고력과 판단력이 삐걱삐걱 녹슨 기계처럼 매끄럽지 못하다. 그래서 말을 하다가 행여 실수를 하진 않을까 싶어서 아이들과의 대화에 잘 끼어들지 않으려고 노력할 때도 있다. 항상 집안의 중심이 되었던 일상들, 대소사간 모든 결정의 중심이 되었던 날들… 전에는 부모의 이름으로 앞장섰던 이런 일들을 이제는 한 발짝 뒤로 물러나 자식들을 믿고 바라보며 사는 것이 지혜

롭단 생각도 든다. 이런 생각에 이르기까지 서운할 때도 있었다. 하지만 모두 내려놓으니 이렇게나 마음이 가벼운 것을… 진작에 내려놓을 걸 그랬다.

쉽게 내려놓지 못한 이유는 있었다. 아이들에게 넘겨줘야 할 것이 대개 짐처럼 무거운 것들 뿐이라서 조금만 더, 조금만 더, 몸과 건강이 허락되는 날까지 동참하고픈 마음이었다. 하지만 심신이 약해지면서는 아프지 않는 게 아이들을 돕는 길 같아서 요즘은 건강을 잃지 않으려고 최선을 다한다. 하지만 이런 모든 변화들이 아직은 낯설다. 집안에서 내 자리를 찾지 못해 전전긍긍하는 모습을 보면 적응할 시간이 필요한 것 같다.

무엇보다 아이들을 대하는 자세부터 바꿔보려 한다. 아니, 이미 실행에 옮기고 있다. 전에는 미안한 마음에 약해진 모습을 보이곤 했는데 그럴 때마다 아이들이 속상해하는 것 같아서 요즘은 작은 일에 잘 웃고 실없는 소리도 하고 자유롭게 흐트러진 모습도 종종 하고 다닌다. 스트레칭을 매일 꾸준히 해서 다리찢기 연습도 한다. 하루도 빠지지 않고 열심히 하다 보니까 이제는 J보다 몸이 더 유연해져서 각도가 훨씬 더 많이 벌어진다. 가끔은 아이들이 좋아할 만한 엉뚱한 제안도 해 본다.

"학원 좀 알아봐 줘."

"무슨 학원이요?"

"실버 모델 학원."

"네? 모델? 갑자기?"

"엘리베이터를 탔는데, 어떤 여자가 나를 위아래로
요리조리 훑어 보더라고.

그러더니 나보고 스타일이 너무 좋대.

사진도 찍어 갔다."

"진짜 알아봐요? 엄마, 무대에 설 수 있겠어?
심장 떨려서?"

"몰라. 일단 해 보는 거지. 이 나이에 못할 게 뭐 있어."

아이들이 물개박수를 치며 좋아한다. 아이들이 웃는 모습을 보니 나도 좋다. 이게 지금 내가 아이들에게 해 줄 수 있는 '최선의' 역할 같다. 사실 모든 상황만 놓고 보면 웃을 일이 없을 수도 있다. 늙은 엄마, 늙은 총각, 늙은 처녀… 셋이 같이 산다고 하면 주위에서 '집안이 칙칙하겠다'는 시선을 보내기도 한다. 이런 시선 때문에 힘든 적도 있었지만 내가 아이처럼 잘 웃고 밝아지니까 K도, J도 점점 웃는 일이 많아진다.

어릴 적부터 말썽 한번 안 부리고 잘 자라준 아이들. 몇 년 전만 해도 너희들이 결혼 안 한 것이 꼭 내 할 일을 다하지 못한 것 같아서 부끄럽기도 했는데 요즘 시대에서는 꼭 그렇지만도 않은 것 같다. 그래도 둘 중의 하나라도 지금이라도 혹시 갈 수 있다면….

"늙은 총각, 너만은 더 늙기 전에 장가 가거라.
부탁한다.
내가 언제까지 니 빤스 개키랴.
맨날 남자들만 만나서 소주 같은 것만 마시지 말고
여자들이 좋아하는 와인 같은 것도 취미로 배우고…
아무튼 너라도 가면 내 마음이 좀 편할 것 같다.
사랑한다, 아들!"

내가 먼저 갔더라면

　'40대 중반에 내 가정을 꾸리지 못하고 엄마와 여동생과 한집에서 산다고 하면 남들은 어떻게 생각할까?' 사실 타인의 관점에서 이렇게 생각해 본 적은 거의 없다. 남들이 어떻게 생각할 진 모르겠지만 나로서는 크게 불편하거나 답답한 게 별로 없다. 깔끔한 그녀들이 수시로 청소하고 빨래하고 필요한 것들을 구석구석 챙겨 놓으니 이 편한 환경을 내가 마다할 이유는 없지 않은가.

　코로나가 터지기 전까지는 우리 가게에서 친구들과 만나 세상 사는 이야기를 종종 했다. 이제는 다들 나이가 있다 보니까 퇴직 후의 삶이나 자녀 교육, 부모님 건강 같은 현실적인 고민들을 많이 털어놓곤 한다. 어느 날 친구 G가 술 한 잔을 하자고 했다. G는 속이 깊고 말수는 적고 술은 좋아하는 편이 아닌데, 그런 G가 술을 같이 마시자고 하니 '무슨 일이 있구나'라고 짐작했다. 그렇게 소주 한 병쯤 마셨을 때, G는 어머니가 치매증세를 보이기 시작했다고 힘들게 말을 꺼냈다. G의 어머니 연세는 우리집 그녀보다 2살 위. 아버지가 일찍 돌아가시고 혼자 계시던 어머니가 언제부턴가 이상한 행동을 보이셔서 병원에 모시고 갔더니 치매 진단을 받았고 혼자 사시는 건 위험하다는 의사의 말에 어떻게 해야 할지, 답답한 마음에 날 보러 온 거였다. G는 맞벌이 부부로 살아가고 그의 형은 지방에서 학원을 운영하고, 누나는 캐나다에 살고 있는데 아내도, 형도, 누나도 선뜻 어머니를 모시겠다고 나서는 가족이 없어서 마음이 무겁다는 말과 함께, 만약 처자식이 없었다면 이런 고민은 하지 않았을 거라고 자책했다. 일찍 하늘로 떠난 G의 아버지를 대신해 온갖 고생을 하며 혼자 자식들을 키우신 어머니. G가 괴로워하는 모습을 보면서 뭐라고 해줄 말이 없어 조용히 소주잔을 채워 줬다. 그리고 몇 달 후 G에게서 '어머니를 결국 요양원에 모셨다'는 문자를 받았다. 이런 일이 있을 때면 '나에게 같은 상황이 생긴다면…' 이란 생각을 하면서 결혼하지 않은 것이 다행스럽게 여겨질 때도 있다.

그래도 나이가 한 살씩 들어갈수록 결혼해서 가정을 꾸

리고 사는 친구들을 보면 좋아 보이고 꼭 결혼은 아니더라도 곁에 누가 있으면 좋겠다는 생각이 한번씩 든다. 완벽한 자기편이 있다는 안정감이 좋아 보인다. 술자리에서 친구들이 자녀와 영상통화를 하면서 "애들 엄마가 빨리 들어오라고 애들한테 시킨 거야"라고 투덜거리면 내심 부러운 마음이 드는 것도 어쩔 수 없는 것 같다. 아이들을 키우는 게 힘들지 않느냐는 나의 질문에 친한 후배는 "애들은 태어나서 서너 살까지만 잘 자라줘도 지 할 도리는 다 하는 것 같다"면서 그 3, 4년이 제일 힘들면서도 가장 행복하다고 했다. 그러면서 형도 더 늦기 전에 가정을 만들란 말도 빼놓지 않았다. 대부분의 사람들이 경험하는 '자식 키우는 재미'. 이 재미를 느끼지 못해 아쉽기도 하고 부모님께 죄송한 마음이 들 때도 있다. 친척들이 다같이 모인 자리에서 어린 아이들로 북적일 때 우리 가족은 한발 물러나 물끄러미 바라보곤 하는데 그럴 때면 아이들을 유난히 좋아하는 그녀도 얼마나 "할머니" 소리를 들으며 손주를 안아보고 싶으실까 싶어 불효하는 마음도 든다.

하지만 그럼에도 불구하고 아직까지 이렇게 사는 건… 만약 내가 결혼해서 그녀와 J만 남겨둔다면 순간순간이 걱정될 것 같아서다. 겁 많고 약한 J와 연세가 지긋하신 그녀 둘만 남겨 놓고 늘 걱정하는 내 모습을 지켜봐야 하는 아내에게도 미안할 것 같고, 또 같이 있어 주지 못해 그녀와 J에게도 항상 미안한 마음이 들 것 같아 이러지도, 저러지도 못하고 그냥 오늘을 산다. 내가 먼저 갔더라면 아마도 우리집의 두 여자는 많이 쓸쓸했겠지….

네가 먼저 갔으면

첫 번째 남자친구는 교회 오빠로 만난 직장인이었다. 27살 즈음이었는데 그와 있었던 인상적인 장면은 어느 겨울, 함께 눈썰매장엘 놀러 갔다가 내가 탄 썰매가 뒤집어져서 아이처럼 눈밭에서 두 다리를 뻗고 엉엉 울 때, 옷에 묻은 눈을 털어주면서 달래주던 장면이다.

두 번째 남자친구는 또 교회 오빠로 만난 의사였다. 30살 즈음이었는데 천정명과 조인성 사이 즈음의 준수한 외모로 벚꽃이 휘날리던 어느 봄날, 비타민 한 통을 들고 방송국 앞으로 깜짝 선물처럼 찾아왔던 기억이 난다. 그는 로맨틱한 편이어서 크리스마스 날, 부암동의 한 카페에서 영화 '러브 액츄얼리'의 스케치북 고백 장면을 따라하기도 했는데 카페 테이블이 좁아서 커피가 쏟아지는 바람에 한바탕 난리가 났지만 그 땐 이조차도 아름다운 한 컷이었다.

딱 거기까지. 짧은 연애 생활에 종지부를 찍으며 느낀 남녀 간의 사랑은 모두 한때였다. 그 한때에 모든 여건이 물 흐르듯 흘러가서 '같이 삽시다!' 하면 결혼해서 부부가 되는 것이고 한때를 지나쳐 버렸거나 상황이 역류하는 강물과 같다면 스쳐 지나가는 바람 중에 한 줄기 과거가 되는 것 같다. 헤어질 때마다 지지고 볶고 마음앓이를 하는 것도 두어 번 하다보니 할 짓이 아닌 것 같아서 이후론 연애를 하지 않았다.

두 팔을 걷어붙이고 밥 먹고 사는 전선에 본격적으로 뛰어든 다음부턴 해 뜨면 나갔다가 해가 지면 집으로 들어오고 주말에도 책상 앞에 앉아 있는 생활 패턴상 이성을 볼 일이 별로 없다. 그러면서 자연스럽게 이성이 이성으로 보이지 않는, 이 나이에 '연애는 귀찮은 일'이란 생각이 굳어졌다. 그래도 최근 몇 년 사이 옆지기에 대해 짧고 굵게 생각하게 되는 사건이 하나 있긴 했다.

제주에 머무는 동안 바다 수영을 종종 같이 하던 커플이 있었다. 남자친구는 아일랜드 사람이고 여자친구는 한국인이었는데, 늘 혼자 다니는 내가 심심해 보였는지 수시로 그들의 나들이에 나를 끼워줬다. 물을 좋아했던 셋은 어느 이른 아침, 집에서 가까운 중문 해수욕장을 함께 갔고 모래사장에서 책을 읽겠다는 여자친구를 둔 채 아일랜드 친구와 둘이 누가누가 더 빨리 헤엄치는지 겨루는, 내기를 하게 됐다. 먼 바다로 나간 것도 아니고 입수한 지 얼마 안 된 지점에서 해안선과 나란히 헤엄쳤을 뿐인데 자유형을 하며 "움파, 움파" 숨을 쉬려고 고개를 오른쪽으로 돌릴 때마다 나란히 가야 할 아일랜드 친구가 점점 멀어지는 게 보였다. 착시인가 싶어 그냥 계속 헤엄치고 있는데 친구들의 모습이 점점 점처럼 작아지기 시작했다. 뭔가 이상해서 휘젓기를 멈추고 바닥에 발을 딛고 일어서려는 순간 '아차' 싶었다. 까치발을 해도 발이 닿지 않는 깊은 곳. 부력이 있는 해녀 수트를 입고 있었지만 위에서 끊임없이 내리꽂는 파도에 맥없이 가라앉을 뿐. 있는 힘을 다해 팔을 휘저으며 "Help me, Help me!"를 외쳤지만 나중에 안 사실은 그 커플이 보기엔 내가 너무 신이 나서 "안녕" 하며 팔을 흔드는 것 같았다고 한다. 이 사건의 결말은 다행히도 해변에서 보드를 손질하고 있던 서핑 강사가 나를 발견해 구해준 것으로 무사히 마무리가 지어졌다. 그는 이미 여러 차례 물에 빠진 사람을 구해왔던 터라 손 흔드는 모양만 봐도 알 수 있었다고, 그날은 이안류(離岸流, 두 시간 정도의 짧은 기간에 매우 빠른 속도로 해안에서 바다쪽으로 흐르는 좁은 표면 해류. 밀려오는 파도와 바람이 해안에 높은 파도를 이루고, 바다로 되돌아가는 물이 소용돌이치는 현상)가 있어서 바닷물이 뒤쪽으로 더 멀리 나를 끌고 간 거라고 했다.

그날, 집으로 돌아와서 정말 오랜만에 '혼자'인 것에 대해 깊은 묵상을 했다. 만약 그때 나의 손짓, 발짓만 봐도 잘 아는 남자친구나 남편이 있었다면 어땠을까… 그래서 바다에서 거센 파도를 넘기는 것처럼, 세상이란 파도를 만날 때도 혼자보다는 둘이 낫다고 어른들이 말씀하신 걸까…. 아무튼 이날 내린 결론은 다음부턴 중문 해수욕장은 가지 말자는 거였다.

그런 일이 있었음에도 여전히 결혼에 대해 아무 생각이 없다. 사실 좋은 것보다 뭔가 복잡해지는 게 더 많을 것 같아서 얼른 생각의 가위를 꺼내 들어 싹둑 잘라버린다. 70대인 그녀도 돌봐드려야 하고 40대가 되면서는 나도 돌봐야 한다. 이미 이것만으로도 삶이 충분히 배부르다. 해도 해도 티도 안 나는 집안일은 또 얼마나 많은지 주말이면 셋이 먹은 설거지를 하는 것도, 빨래건조대에 줄줄이 널린 옷가지를 개키는 것도 보통 일이 아니다. 그래서 가끔 그녀와 함께 산더미 같은 빨래를 개킬 때면 "K가 결혼하면 우리 일이 줄어들 텐데…" 하면서 우스갯소리를 하곤 한다.

K는 모르긴 몰라도 점점 나이를 먹어가는 그녀와 깡마른 내가 걱정돼서 선뜻 결혼 생각을 하지 못하는 것 같다. 그 마음은 너무나 고맙고 깊은 속뜻이 헤아려지지만 솔직히 말하면 K만큼은 제발 지금이라도 장가를 좀 가면 좋겠다. 나도 조카 바보 고모 대열에도 한번 들어가 보고 새 언니랑 가끔 만나 수다도 떨고 우리 중에 한 명이라도 갔으니 친척들 눈치도 덜 보이고 그럼 얼마나 좋을까? 나는 가기 싫지만 너는 이제 갔으면 하는 마음. 나중에 이 글을 책에서 봐도 서운해하지 말길….

그러려면 K도 이건 알아둬야 할 것 같다. 세상의 어느 여자도 시댁 가까이는 살고 싶어하지 않을 거란 걸. 제발 누굴 만나든 깊은 정에 빠지기 전까진, 아니 푹 빠진 다음에라도 "그녀와 J가 걱정돼서요. 같이 아니, 옆집에 살면 안 될까요?"라는 말은 절대 하지 않길….

#1

70대여, 나빌레라

"

　책 작업이 슬슬 마무리돼 가는 것 같아서 조금은 편안한 마음이 든다. 살면서 내가 책을 낼 줄은 꿈에도 몰랐다. 우리 친정 식구 대부분이 교직에 몸담고 있었고 셋째 언니는 국어 선생님이면서 책을 낸 적이 있기 때문에 나도 모르게 작가를 동경해왔지만 일흔이 넘은 나이에 그것도 자식들과 함께 책을 낼 줄은 우리 모두 상상을 못 했었지. 이래서 인생은 한번 살아볼 만하다고 하는 거였나 보다.

　요즘 박인환 씨가 나오는 드라마 '나빌레라'가 참 좋더구나. 나이 일흔에 발레를 시작하는 할아버지 얘긴데, 무용수가 되기에 너무 늦었다는 걸 알고 있느냐는 질문에 박인환 씨가 이런 말을 한다.

"죽기 전에 나도 한번 날아오르고 싶어서."

"살아보니까 삶은 딱 한번이더라, 두 번은 아니야" 라고. 그 말을 듣는데, 저 영감이 내 속엘 들어갔다 나왔나 했다. 무슨 말인지 알겠더구나.

한 달 전쯤인가? 지은이 네가 아침밥을 먹다 말고 뜬금없이 이런 질문을 한 적 있었지. "엄마는 지금 꿈이 뭐야?" 그 질문이 그렇게 이상할 수 없었어. 과거형도 아니고 '지금 이 나이에 꿈이라니 가당키나 한 질문인가?' 하는 생각이 먼저 들었고 그 다음엔 '왜? 왜 안 돼? 왜 안 되는데?' 하는 반문이 들더라. 하지만 꿈이 뭐냐는 질문을 받아본 지가 너무 오래돼서 기억이 가물가물해서 "글쎄…" 하고 말았지. 나만 이런 반응인가 싶어서 82살 울 언니한테도 한번 물어봤다. 언니 꿈이 뭐냐고. 그랬더니 언니가 그러더라. "꿈은 무슨, 꿈을 꿀 마음의 시간조차 없다, 우리 나이엔. 그냥 뭐, 내일 1박 2일 여행 가는 거?"

지은이가 날 힘나게 하려고 일부러 '보조작가'라는 이름표를 붙여준 걸 안다. 그래서 내가 메모지에 뭐라도 적어주면 5천 원도 주고, 1만 원도 주면서 동기부여를 해 주려고 했지. 나는 그 돈을 모아서 장난처럼 호두밭을 사서 너희한테 물려주고 싶다고 했었다. 언젠가 TV에서 본 적이 있는데 호두나무가 한 번 심으면 매년 호두가 주렁주렁 열려서 연금 같다는 얘길 들었거든. 너희한테 호두 연금이라도 물려주고 싶은 게 꿈이라면 꿈이었는데 그보다는 이제 글을 열심히 써 보고 싶다는 생각이 들었다. 왜냐하면 글을 쓰는 내가 참 좋아서다. 경현이도 수시로 나를 "유 작가님"이라고 불러주면서 요즘 젊은 사람들이 글을 올린다는 '브런치'란 곳도 보여주고 컴퓨터도 배워보라고 하는데 너희가 이러는 게 나를 나비처럼 날아오르게 하려는 것이라는 걸 안단다.

얘들아, 내가 아직은 힘이 남아 있을 때까진 너희를 돕고 싶은데 이제 정말 한 번뿐인 인생, 나비처럼 날아올라도 되겠니? 아니, 어쩌면 이미 날고 있는지도 모르겠구나. 너희와 나란히 책에 이름을 올리는 것만으로도 엄마는 기분이 좋아서 훨훨 날아갈 것만 같다. 이 나이 든 엄마에게 꿈을 물어봐 주고 꿈을 꾸게 해 줘서 고맙다. 앞으로도 너희가 쓰는 글에 슬쩍 숟가락이라도 걸쳐 올리게 해주렴.

"

고맙다, 삼인용 식탁

"

글을 쓸 수 있게 된 요즘, '고맙습니다'라는 말이 가슴 속에서 맴돕니다. 짧게나마 제게 주어진 인생길을 걸으면서 깨달은 것 중의 하나는 오르막길을 오를 때도, 평탄한 길을 걸을 때도, 또 내리막길을 걷게 될 때도 있다는 거였습니다. 지나고 나면 별 것 아닌데 막상 그 길 위에 있을 땐 한 치 앞, 한 발짝 앞이 세상의 끝처럼 느껴질 때도 있었네요.

코로나가 터지고 깊은 좌절에 빠져서 살아남기 위해 몸부림도 쳐 봤지만 결국은 자존감이 바닥나 자포자기 상태까지 가고 말았지요. 그때 가족과 지인들이 절 일으켜 세워줬다면 일어서서 다시 오르막길을 올라가게 해 준 건 '글쓰기'였던 것 같습니다. 돈을 버는 것이 인생의 목표라고 믿었던 지난 시절을 돌이켜보면 장사 이외에 다른 삶에는 관심조차 갖지 않았는데 코로나라는 큰 태풍을 만나고서야 잊고 살았던 것들, 내가 하고 싶었던 일들과 행복의 잣대를 다시 설정할 수 있었네요.

'삼인용 식탁'이란 제목으로 가족의 이야기를 함께 써 내려간 지도 벌써 석 달째. 그 사이 저의 하루는 참 많이 달라졌습니다. 월요일부터 금요일까지 열심히 장사 준비를 하고 손님이 없는 시간에 짬짬이 글을 쓰는 즐거움은 지금껏 한번도 경험하지 못한 행복한 시간이었어요. 주말이면 평소보다 더 일찍 일어나서 궁금했던 책도 읽고 책에 들어갈 글을 쓸 땐 '이 시간이 더디게 흘러갔으면…' 하는 안타까운 마음이 드는 것이 신기하게 느껴집니다. 마치 피터팬처럼 어린 시절로 되돌아가는 것 같았는데 혹시 어머니도 그러셨을까요?

지은이도 주중에는 방송용 원고를 쓰고 주말에는 책 원고를 쓰느라 고생이 많았지? 월요일이 시작되면 다시 주말이 돌아올 때까지 책 작업을 할 시간이 없었기 때문에 토요일부턴 방에 틀어 박혀서 '삼인용 식탁'에만 매달렸지. 그런 너의 뒷모습을 더이상 안쓰러워하지 않기로 했다. 책을 쓸 때 네가 참 행복해 보였거든. 한집에 작가가 세 명이나 있어서 힘이 난다고 좋아하는 모습을 볼 때마다 나도 오빠 역할을 하는 것 같아서 기분이 좋았단다.

　너무나 오랜만에 잘 웃는 어머니와 지은이의 모습을 보면서 '행복'이란 단어를 멀리 밀쳐놓고 살았던 지난 시절의 제 자신이 답답하게도 느껴집니다. 하지만 이런 아쉬움이나 미련조차도 오래 붙들고 있진 않으려고요. 글을 쓰면서 같이 울고 웃는 사이 우리를 힘들게 했던 다른 삶의 짐들이 어느 순간 많이 가벼워진 것 같습니다. 나조차 몰랐던 나의 이야기를 글로 적어 내려가면서 '곪아 터진 멍든 사과'라고 표현했던 제 자신이 조금씩 회복되고 가슴속의 응어리가 스르르 풀어졌습니다.

　식당집 사장은 장사만 해야 하는 줄 알았습니다. 그래서 손님이 없어도 가게에만 매달리고 가게가 행여 잘못될까 봐 전전긍긍하면서 이 좁은 문밖을 나서질 못했죠. 중년의 나이에 밀려드는 두려움이 너무 많아서 식당이 세상의 전부인 줄만 알았는데 제가 지금 글을 쓰고 있고 이 시간을 통해 무너졌던 자존감이 회복되는 걸 보면서 글쓰기는 제게 뭐든 할 수 있다는 가능성을 열어준 또다른 문이기도 했습니다. 그래서 '삼인용 식탁'의 글 작업은 앞으로 인생을 설계해 나갈 때 새로운 방향을 제시해 주는 이정표가 될 것 같기도 합니다.

글이 가리키는 방향을 따라 뚜벅뚜벅 걸어왔을 뿐인데 어느덧 우리 가족의 책 쓰기 프로젝트는 끝을 향해가고 있네요. 벌써 아쉬운 마음이 크지만 이후로 무슨 일을 하든 글쓰기와 동행할 것이기 때문에 앞으로 제게 주어질 '행복한 글쓰기 시간'을 기대해 보려 합니다.

그리고 어머니… 가는 시간을 붙잡아 놓을 순 없겠지만 어머니의 시간만큼은 더디게 더디게 흘러서 (아직 지은이는 동의하지 않았지만) 앞으로도 계속될 우리 가족의 글쓰기 작업에 오랫동안 함께 해 주세요. 간절히 바라봅니다.

"

글에게 비는 마음

"

우리가 서로를 '그녀', 'K', 'J'라 부르며 함께 글을 쓴 지도 석 달을 넘어가고 있네요. 평생 밥벌이로 해 온 글쓰기인데도 이번 작업이 너무나 생소하게 다가온 건 함께 글을 쓰는 것 자체가 낯선 일이기도 하지만 그동안 제가 '가족을 잘 알고 있다' 착각한 것을 매 순간 깨달아서인 것 같아요.

나뭇가지에 불안하게 걸터 앉아있던 '행운'이라는 새가 후루룩 날아가 버리고 '불운'이라는 검은 새가 자꾸만 찾아오는 것처럼 힘든 순간들이 몰아 닥쳐서일까요. 그때마다 서로에게 버팀목이 되어주려다 보니 70대 어머니와 40대 남매가 함께 사는 흔치 않은 가족 구성원이 되었지만 우린 이렇게 씩씩하게 함께 책을 쓰고 있습니다.

"글을 써 봐요", "우리 책을 내요" 할 때마다 두 분은 많이 놀라셨지만 사실 그 말을 꺼낼 때마다 있는 그대로 받아들이시는 엄마와 오빠를 보면서 제가 더 많이 놀라고 이 상황을 어떻게 추슬러 가야 할지 밤잠을 설치며 고민도 참 많았더랬습니다. 저야 하는 일이 방송작가니까 글 쓰는 일이 익숙한 편이지만 엄마도 오빠도 글과는 거리가 먼 생활을 하셨으니까요. 하지만 구부정하게 자신 없어 하던 이 물음표를, 꼿꼿한 느낌표로 만든 것도 역시 두 분이었어요.

자꾸만 불과 석 달 전 우리의 모습과 비교를 해 보게 됩니다. 장사하느라 컴퓨터와 친해질 기회가 없어서 자판도 못 치던 오빠가 지금은 독수리 타법이긴 해도 작은 노트북 한 대를 사서 직접 원고를 타이핑하고 최근엔 오롯이 혼자 힘으로 '브런지 작가'에 도전해서 합격하고 가게에서도 더이상 손님이 오지 않는 빈 문만 바라보는 대신 책을 읽고 글을 쓰는 일이 어쩌면 기적 같네요.

아직 젊은 축에 속하는데도 너무 오랜 시간 식당이라는 좁은 세상 안에서 어떻게든 살아보려고 발버둥만 쳐온 오빠에겐 글쓰기는 숨구멍이었을까… '요즘 같은 코로나 시국에 갈

수 없는 여행을 매일 식당 한켠에서 조용히 혼자 떠나고 있다'
면서 글쓰기가 여행 같다는 속내를 읽었을 때 튀김 냄새가 가
득 밴 오빠의 원고를 얼마나 한참 젖은 눈으로 바라봤는지 모
를 거야.

　　직업이 작가인 나는 때론 글이 풀리지 않아서 물구나무
를 서기도 하는데 항상 볼펜만 들었다 하면 서너 장씩, 대여섯
장씩 술술 적어가는 오빠가 너무 신기해서 한번은 동료 작가에
게 물어보기도 했어. 어쩜 이럴 수 있는 것인지에 대해서. 그랬더
니 그 친구가 하는 말이 "오빠가 글로 가슴에 맺힌 것들을 이제
야 토해내는 중 같다"고 하더라. 중년 남성들의 이야기에 아무
도 관심 갖지 않고 그들도 어떻게 이야기하는 것인지 배운 적이
없지만 고목나무 같아 보여도 속에 쌓아온 것이 많아서 더 쏟아
내야 할 게 많았을 거라고 말이지. 고개가 끄덕여졌어. 어느 누
구도 제대로 들어준 적 없는 이야기를 '글'이 대신 들어줘서 오
빠는 힘이 났던 건가 봐. 아마도 이 책이 나올 즈음이면 오빠는
새로운 길을 걷고 있겠지만 글이 실어준 힘을 동력 삼아 더 크
고 힘차게 걸음을 옮길 거라고 믿어.

　　'노쇠한', '연로한', '앙상한'이라는 단어들이 납덩이처

럼 자꾸만 엄마의 삶에 달라 붙었을 때 저 역시 처음 겪는 일들이라 어떻게 해야 할지 몰라 좀 방황했어요. 자식의 이름으로 받는 삶이 익숙하기만 하다가 어느 순간 부모-자식의 역할이 조금씩 바뀌면서 내가 엄마의 손을 잡고 앞장서는 자리가 됐을 때, 아이처럼 내 손을 꼭 잡는 엄마를 보면서 나는 어느 방향으로 가야 할까 헤맬 때도 있었네요. 내 안의 바람을 잠재우지 못해 당신이 가장 힘들 때 곁을 떠나버렸고 다시 돌아왔을 땐 엄마의 세월은 훌쩍 앞당겨져 있었지요. 늙어가는 엄마를 보는 것, 그건 내가 받는 벌인 것만 같았어요.

가끔 어떤 지인들은 저에게 '엄마에게 지나치게 집착하는 게 아니냐'고 말하기도 하지만 갑작스럽게 아버지가 떠나시면서 나는 그렇게라도 세월의 바짓가랑이를 붙잡고 싶었네요. 하지만 몸져 누워버린 당신을 일으켜 세운 건 내가 아닌 '글'. 보조작가라는 이름으로 처음 접한 '글'이라는 세계가 당신의 손에 돋보기를 들게 해 줬고 시장에서 서점과 도서관으로… 점차 당신의 세계를 확장시켜 주었지요. 함께 책을 쓰면서 여전히 당신도 할 수 있는 일이 있다는 사실에 매일 노을처럼 번지는 당신의 미소를 보기도 합니다. '글'은 당신의 마음 근육을 단단하게 다져주고 삶의 의지를 북돋아 준 참으로 고마운 친구입니다.

방송작가로 20년 가까이 매일 글을 써왔지만 나는 이제야 '글'이란 친구의 얼굴을 제대로 들여다봅니다. 시사 프로그램에서 사실을 전달하고 음악 프로그램에서는 감성을 전하는 목적이 있는 글이 아닌 내 안의 나를 만나게 해주고 가만히 이야기를 나누게 해주고 때론 새하얀 종이 앞에서 훌쩍이는 우리를 보듬어주기도 하는 좋은 친구. 나는 얼마나 운이 좋은 사람인지 '글'이란 친구와 조금 친하다는 이유로 힘든 삶에 허덕이는 가족에게 내 친구를 소개할 수 있었고 덕분에 아무도 예상하지 못한 길을 더없이 다정한 그 친구와 함께 걷고 있는 중입니다.

책 작업을 하면서 오랜 친구의 손을 붙잡고 신께 기도하듯 간절히 부탁했어요. 노인이 되어가는 엄마의 시간을 멈춰 세우고 힘든 자영업자의 삶을 이어가느라 자꾸만 꺼져가는 오빠의 삶의 대한 열정을 되살려달라고. 출판사에 출판의뢰를 하고 기다릴 때도 행여 잘 되지 않으면 두 분이 실망할까 봐 기도하고 글이 풀리지 않아 힘들어하는 두 분을 볼 때도 포기하지 않게 해 달라고 기도했어요. 그러면서 어느덧 책 작업의 9부능선을 넘으며 우리의 눈시울을 여러 번 붉혀준 '글'에게 미리 고마운 마음을 건넵니다. 네가 주는 위로 덕분에 이제야 비로소 각자 조용히 흘려 왔던 눈물을 훔치는 것 같다고. '너'라는 진심 덕분에 이제야 서로의 이야기를 듣게 됐다고요. 그래서 '글'이라는 친구에게 염치 없지만 또 부탁해 봅니다.

"친구야, 앞으로도 잘 부탁한다…"

"

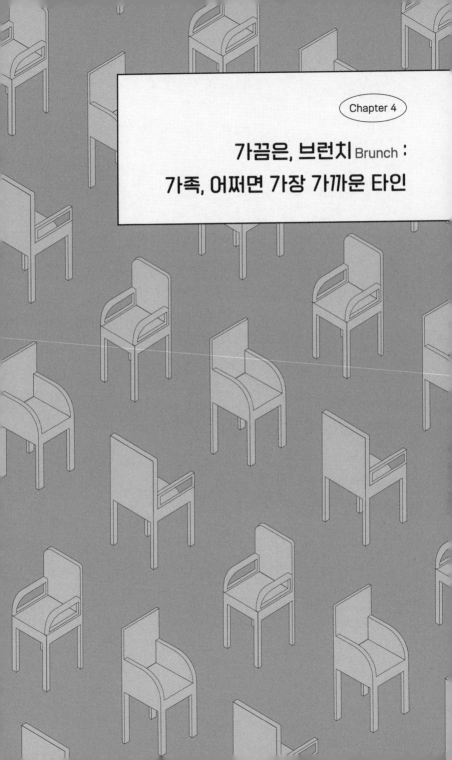

Chapter 4

가끔은, 브런치 Brunch :
가족, 어쩌면 가장 가까운 타인

가족

      K는 순하고 반듯하고 잘 생겨서 모든 사람들의 사랑을 듬뿍 받으며 자란 아이였다. 제대하기 전까지는 '고생'이란 단어조차 모르고 살아왔지 갑작스럽게 주어진 무거운 삶에 적응할 시간도 갖질 못한 채 생계를 꾸리는 일에 뛰어들었다. 길고 긴 시간, 나의 짐을 함께 지고 오느라 넓은 세상을 마음껏 누려보지도, 펼쳐보지도 못하며 살았구나 싶어서 오늘 아침은 글을 쓰면서 안방에서 혼자 아이처럼 펑펑 울었다. 그리고 놀라서 달려온 K에게 '미안했다'고 사과했다. 지난 세월, 내 감정을 다스리지 못해 큰 소리를 내도 말대꾸 한 번 하지 않은 나의 아들아. 만약 이 글을 쓰지 않았다면 영원히 '미안했다'는 말을 하지 못하고 갈 수도 있었겠구나. 미안했다. 진심으로 사과한다.

J는 태어날 때부터 머리숱이 많고 살결이 뽀얀 예쁜 아이였다. 어릴 때부터 말을 잘하고 당차서 동네 어른들이 "커서 뭐가 되려나?"하고 궁금해하셨다. 그런 아이가 잦은 전학으로 소심해지기 시작했고 책을 사주기가 무섭게 책만 읽어댔다. 대학 때부터 낮에는 학교를 다니고 밤에는 방송국 일을 하면서 지금도 방송국 몇 군데를 돌아다니면서 종횡무진 일하고 있다. 항상 몸이 열 개라도 부족해보인다. 그런데 요즘은 책 쓰는 일에 앞장서며 우리의 '삼인용 식탁'까지 만들게 되었다. 너무 일찍 철이 들어버린 아이들. 그래서일까. 세상의 어느 가족이 안 그럴까만은 서로의 글을 들여다볼수록 가슴이 아리고 애틋하다.

먼저 하늘로 간 그는 생전에 시장을 갈 때나 집엘 갈 때나 꼭 내 손을 붙잡고 다녔다. 잘 넘어지고 동서남북을 몰라 헤매는 나를 너무나 잘 알아서였다. K가 가게를 도맡아 일하기 전까진 그와 내가 매달려 일했는데 하루 종일 종종걸음을 치고 저녁 때 다리가 퉁퉁 부어 있으면 그는 미안하다는 말 대신 가만히 다리를 주물러 주었다. 아무리 돈이 없어도 결혼기념일이면 꽃다발을 사 와서 '왜 이런데 돈을 쓰냐'는 나의 구박을 받기도 하고 그러다 정말 돈이 없는 해엔 "결혼기념일 선물이야" 하면서 내가 잠이 들 때까지 팔다리를 주물러 주던 남편. 그의 빈 자리가 느껴질 때마다 내가 누구인지, 지금 이곳은 어디인지 여전히 당황스럽고, 남편의 손을 한번만이라도 다시 꼭 잡아보고 싶다.

지금 내게 가족이란 나의 전부이자 나를 지탱해주는 삼각형… 생각할수록 잘해준 것보다 못해 준 일, 미안한 일이 더 많이 생각나지만 하늘에서 남편을 다시 만나기 전까진 조금이라도 삼각형의 한 모퉁이를 굳건히 지키는 어미이고 싶다.

어쩌면

"우연히 그댈 보다 희어진 당신의 머리에

염색을 해야겠다며 잔소릴 늘어놓았죠.

지금 이대로가 좋다. 이리 늙어가는 거라고

신이 주신 모습 그대로 그리 늙고 싶다 하셨죠.

세월은 멈추지 않고 흘러가는 것을

난 그댈 보며 깨달아요.

남은 생은 우리 말고

그댈 위해 행복하게 살아요. "

신예원의 '연어와 가시고기' 가사 중 한 구절이다. 나와
J는 연어 같은 어머니와 가시고기 같은 아버지의 넘치는 사랑

을 받으며 살았다. 연어와 가시고기 모두 새끼들을 위해 제 삶을 내어놓는 모성애와 부성애를 보여주는 물고기. 어느덧 40대가 되어 이제야 두 분의 사랑을 조금은 이해하게 됐지만 아버지는 이제 우리 곁에 계시지 않는다. 남은 가족 모두에게 커다란 슬픔의 응어리로 남아 있어서 우리는 차마 그분의 기억을 꺼내 놓질 못했다. 하지만 글을 쓰면서 그 빈 자리를 슬픔 대신 다른 감정들로 채워 넣으려는 서로의 노력을 보면서 그분의 몫까지 잘 살아내야겠다고 다짐하게 됐다. 그것이 그가 진정으로 바라시는 것일 테니까.

'연어와 가시고기'라는 노래에서 "남은 생은 우리 말고 그댈 위해 행복하게 살아요"라는 가사가 큰 울림으로 다가왔다. 가족의 빈 자리가 생기면서 우리는 우리 자신보다 가족을 위한 걱정이 항상 먼저 앞섰다. 나 또한 그렇게 하는 것이 오히려 마음 편했기 때문에. 하지만 함께 책을 쓰는 작업을 하면서 나를 위해서도, 가족을 위해서도 서로를 조금씩 놓아줄 줄 아는 것이 필요하다는 걸 느꼈다. 그녀와 J의 글을 읽을 때마다 서로를 위하는 마음이 오히려 더 큰 부담이 될 수 있다는 걸 알게 되었기 때문이다.

가족은 굳이 말을 하지 않아도 다 안다. 넘치게 위하면 넘치게 미안해지고, 잘하려고 하면 할수록 얼마나 애쓰는 것인지를 알기 때문에 더 미안해진다. 그렇기 때문에 서로에게 미안함의 부채를 남겨두지 않는 것, 그것이 가족으로서 잘 살아가는 길이 아닐지. 그래서 그녀도 J도 나도 서로를 위해 희생하고 참기보다는 자신의 행복 또한 소중하다는 걸 받아들이며 살았으면 하는 마음이 든다.

가장 가까운 타인에게

　우리는 지난 석 달 동안 '엄마', '오빠', '딸과 동생'이라
는 계급장을 떼고 나란히 글 앞에 섰다. 그리고 그 어느 때보다
평등했다. 40대에는 40kg, 70대에는 70kg이라는 평등하지
않은 어른의 무게를 짊어지면서도 서로를 배려한다는 이유로
감춰뒀던 속마음. 그 마음을, 거짓말이라곤 할 줄 모르는 '글'
이라는 친구를 통해 이제야 들여다보면서 요즘 우리는 매일
처음 본 사람과 인사하듯 낯선 경험을 하는 중이다.

　한 사람이 한 편의 글을 마무리 지으면 출력해서 다같
이 돌려봤다. 때론 공감했고 때론 낯설어했고 자주 아파하며
읽게 된 서로의 이야기. 3살 터울의 K와는 비슷하게 유년시절
부터 청소년기, 청년기, 중년기에 접어 들었지만 남매로 자라

면서도 상당히 많은 것들을 다르게 기억하고 있었고 또 어른의 대열에 들면서는 많은 대화를 생략한 채 살아왔다는 것도 알게 됐다.

우리가 태어나기도 전부터 더 많은 길을 걸어왔던 그녀역시 처음부터 '엄마'라는 이름으로 불리지 않았다. 그녀에게도 딸이었던 시절이 있었고 그와 함께 자녀들의 비를 대신 맞아주는 우산 역할을 하면서도 그 비에 추워하고 몸을 떠는 시간들이 있었다. 그리고 70대가 된 지금도 꿈을 꾸는 한 소녀가속에 자리잡고 있었다.

우리가 함께 글 작업을 하는 것은 쉽지 않은 일이었다. 표면적으로 글의 합을 맞추는 것보다 좋은 추억을 꺼낼 때도, 슬픈 기억을 들출 때도, 그 자리엔 항상 여전히 우리가 사랑하는 아버지가 계셨기 때문이다. 아버지가 계시기 전후의 삶으로 나뉜 우리 가족은 슬픔이 삶을 잠식할까 봐 그동안 서로에게들키지 않으려고 소리죽여 각자 울고 있었다. 그 울음이 글을 통해 터져 나올 때마다 말없이 등을 토닥여주는 것, 그것이 우리가 이 작업을 하며 서로에게 해줄 수 있는 유일한 위로였다.

가족이란, 어쩌면 가장 가까운 타인이 아닐까. 한솥밥을 먹고 한 울타리 안에서 산다고 해서 우리가 서로를 잘 아는 것은 아니었다. 가족도 타인임을 인정하게 됐을 때 오히려 더 자주 시선을 놓아두게 되고 온전히 나를 이해해 주지 못하는 것에 대한 서운함도 줄어드는 것 같다. 부모와 자식, 형제와 남매들은 나이가 들수록 함께 하는 시간이 줄어들고 말 못 할 비밀이 하나둘 쌓이면서 각자의 삶을 살아가게 되는데 우연히 시작된 우리의 글쓰기 프로젝트는 가장 가까운 타인들과 다시 눈을 마주치게 하는 시간이었다. 그러면서도 동시에 숲속에서 적당한 거리두기를 하며 서 있는 나무들처럼 서로를 위해 좀 더 적당한 간격을 놓아두기로 했다. 그 거리를 유지할 때 비로소 햇빛이 그 사이로 들어와 숲이 숨을 쉬는 것처럼 가까우면서도 적당한 거리를 유지하는 것이야말로 가장 가까운 타인을 위하는 방법 같기에.

한 호수에 은빛 은어들이 살고 있었다. 맑은 물에 사는 은어들은 어릴 때 바다로 나갔다가 다시 태어난 곳으로 돌아오는데 그들의 살에서는 수박향이 난다고 했다. 먼 바다를 돌아와 다시 만난 은어들처럼 가족은 서로의 몸에서 나는 수박향을 알아볼 수 있는 사람들. 우린 어쩌면 아주 오래 전 한 호수에서 살았던 은어들로 이 땅에서 다시 만난 것이 반가워 '가족'이란 말만 들어도 절로 눈물짓게 되는 것은 아닌지.

아마도 우리 호수에서 함께 살던 그 은어 한 마리도 우리의 글을 보며 하늘 너머 어딘가에서 별처럼 온몸의 빛을 내고 있을 것만 같다. 혹 세상에 남겨진 우리를 걱정하느라 그곳에서도 마음 편히 헤엄치지 못할까 봐 이 책을 고이 접어 하늘에 올려다 드리고 싶다. 별처럼 빛날 그 은어의 수박향이 사무치게 그립다.

에필로그

당신의 의자를 남겨 놓습니다

　　'삼인욕 식탁'은 밥을 먹던 공간에서 글을 쓰게 된 어느 가족의 이야기입니다. 식탁 위에 놓이던 수저와 그릇들 대신 서로가 쓴 글이 놓이고 방으로 흩어져 들어가 있던 가족들이 둥글게 모여앉아 머리를 맞대고 글을 들여다보고 있는 풍경은 어느덧 우리 가족의 평범한 일상이 됐습니다. 이 시간을 통해 저희 가족은 예상하지 못했던 여행을 하고 있는 중입니다. 육지와 섬을 잇는 연륙교처럼 글은 함께인 듯, 따로인 듯한 삶을 단단히 이어주어 우리는 '글'이라는 다리를 건너 서로의 마음속을 돌아다니고 있습니다. 글이 차려준 식탁이, 글이 데려다준 여행이 불과 몇 달 만에 한 가족을 얼마나 많이 변화시켰는지 웃는 일이 많아진 요즘 서로를 신기하게 바라보며 확인하는 중입니다.

지난해부터 이어지고 있는 코로나로 어려운 집들이 참 많습니다. 저희 집도 마찬가지고요. 가족은 비둘기집에 모인 이들처럼 늘 다정하고 평화로운 관계같지만 세상에 사연 없는 집 없다고, 오히려 모일수록 생기는 갈등 때문에 서로 마음의 문을 닫고 사는 때가 생기기도 하지요. 이럴 땐 등을 돌리기보단 글이 가진 진실함을 믿고 얼굴을 마주한 채 함께 글을 쓰는 것은 어떨지 조심스레 권하고 싶습니다. 글을 수려하게 잘 쓰는 것, 맛깔나게 감정을 표현하는 것, 맞춤법과 띄어쓰기는 크게 중요하지 않은 것 같아요. 진실함 하나면 충분합니다.

글이 가진 진실함은 우리가 생각한 것보다 위대해서 책 작업을 하면서도 '글이란 무엇인가'라는 질문을 여러 번 던졌습니다. 못 다한 이야기를 풀어놓을 땐 내 안의 곪은 상처들이 먼저 아물었고 나누지 못한 이야기를 풀어놓을 땐 묵혀 두었던 미안함과 고마움을 대신 전할 수도 있었네요. 곪은 상처와 묵혀 둔 감정, 두 가지는 언젠가 한번 반드시 끄집어내야 할 것들이었습니다. 무엇보다 글은 언제든 우리가 손을 내밀기만 하면 평생 함께 갈 수 있는 친구라는 점에서 이 친구를 만난 것이 얼마나 든든한 일인지를 많은 분들께 전하고 싶습니다.

저희 가족의 글을 먼저 읽은 S언니로부터 "식탁에 내

의자도 하나 끼워넣고 싶다"는 이야기를 들었을 때 큰 힘이 됐습니다. 엄마로서, 자녀로서, 또 한 사람으로서 풀어놓은 이야기가 공감을 얻는 것 같아서 우리만의 이야기가 되기보다는 되도록 많은 가정의 식탁에 당신들의 녹록지 않았을 삶이 가만히 풀어지길 바라봅니다. 우리가 글을 통해 받았던 치유와 위로와 새로운 소통이 주는 힘을 공유하고 싶습니다. 이런 바람으로 여기, 당신의 의자를 남겨 놓습니다.

그리고 아버지, 당신의 이야기로 공모전에 당선되고 그 끈을 놓지 않고 이어가 이제 남은 가족이 책을 쓰게 됐습니다. 우리는 삼인용 식탁에 앉아 매일 당신을 그리워합니다. 나의 사랑하는 아버지, 고정욱…보고 싶습니다.

돋보기를 맞추고, 생전 처음 서점과 도서관을 찾아 가고, 글쓰느라 안쓰러운 딸에게 도움이 되고 싶어 보조작가가 되기로 한 엄마!

요즘처럼 무기력하게 살다가는 미칠 것 같아 동생의 글쓰기 제안을 덥석 받아든 오빠!

"하늘엔 천사 이 땅엔 고지은"이라 알려진 내가 아는 라디오 작가 고지은!

아버지가 떠나시고 남겨진 세 식구. 각자 숨어서 티 안나게 울더니, 식탁에 모여 글을 쓰면서 땅에 두 발 붙이고 일어섰고, 서로의 이야기를 듣고 비로소 눈 마주치며 애틋해했다. 바로 옆에 붙어 있는 두 별 사이에도 수억 광년의 세월이 있듯이 가장 가깝고도 먼 가족들 사이에도 그만한 거리가 있다고 생각한다.

이 책《삼인용 식탁》처럼 엄마가 떠나시기 전에 우리집 딸 셋과 모여 글을 써 보고 싶다.

고 작가 식구처럼 하면 가슴 깊숙이 묻은 상처가 낫고 식구끼리 절로 화목해질 듯 하다.

양희은(가수 겸 방송인)

사인용 식탁에는 그저 그런 얘기가 피워 올랐다. 어쩌면 서로에게 무심했던 가족이었다. 어느 날 갑자기 아버지가 세상을 떠났다. 70대 어머니와 결혼을 안(못)한 40대의 아들과 딸, 세 식구가 남았다. 빈 의자에 여전히 아버지가 앉아 있었다. 식탁 위에는 아버지가 좋아하는 반찬이 놓여있었고, 아버지는 미안해하며 희미하게 웃고 있었다. 세 사람은 울음 외에는 아무 것도 삼킬 수 없었다. 아버지를 떠나보내야 했다.

어머니는 한없이 작아졌다. 자식들이 돌봐야 하는 작은 새가 되어 버렸다. 어머니를 일으켜야 했다. 딸이 함께 글을 써 보자고 했다. 딸은 글의 힘을 믿었다. 그렇게 식탁 위에서 각자의 글을 썼다. 글을 앞에 두니 목에, 가슴에 걸린 것들이 쏟아졌다. 길게 울었다. 글이 눈물을 닦아주었다. 아픔과 슬픔 저편에 사랑이 보였다. 마침내, 비로소 추억의 숲속으로 아버지의 의자를 옮겼다.

몸무게를 6㎏ 늘린 어머니는 전동 킥보드를 타는데 성공했다. 문장의 근력을 키운 아들은 푸드 칼럼리스트를 꿈꾸고 있다. 딸은 바닷가에서 물질하는 글쟁이로 살고 싶다. 아들과 딸은 어머니의 세월이 더디게 흘러가길 소원한다. 오래도록 '삼인용 식탁'에 둘러앉아 밥 먹고 글 쓰고 싶다고 생각한다. 이제 책으로 엮인 글들을 하늘에 올린다.

"아버지, 안심하세요. 이렇게 셋이서도 식사를 잘해요."

김택근(시인 겸 작가)

삼인용 식탁

초판 1쇄 인쇄 2021년 11월 20일
초판 1쇄 발행 2021년 11월 25일

글 유부현 · 고경현 · 고지은
디자인 MALLYBOOK 최윤선, 정효진
펴낸이 최정이
펴낸곳 지금이책
주소 경기도 고양시 일산서구 킨텍스로 410
전화 070-8229-3755
팩스 0303-3130-3753
이메일 now_book@naver.com
블로그 blog.naver.com/now_book
인스타그램 nowbooks_pub
등록 제2015-000174호

ISBN 979-1188554-52-2 (03810)

· 이 도서는 한국출판문화산업진흥원의 '2021년 출판콘텐츠 창작 지원 사업'의 일환으로 국민체육진흥기금을 지원받아 제작되었습니다.